mentiras
que
contamos

Philippe Besson

mentiras que contamos

Tradução Débora Isidoro

Editora Natália Ortega

Editora de arte Tâmizi Ribeiro

Produção editorial Brendha Rodrigues, Manu Lima e Thais Taldivo

Preparação de texto João Rodrigues

Revisão de texto Alexandre Magalhães, Carlos César da Silva e Georgia Kallenbach

Foto da capa Leonard Freed/Magnum Photos / Fotoarena

Design da capa Tâmizi Ribeiro

Dados Internacionais de Catalogação na Publicação (CIP)
Angélica Ilacqua CRB-8/7057

B465m

Besson, Philippe
Mentiras que contamos / Philippe Besson ; tradução de Débora Isidoro. —São Paulo, SP : Astral Cultural, 2024.
192 p.

ISBN 978-65-5566-548-2
Título original: Arrête avec tes mensonges

1. Ficção francesa I. Título II. Isidoro, Débora

24-3575 CDD 843

Índice para catálogo sistemático:
1. Ficção francesa

BAURU
Rua Joaquim Anacleto
Bueno 1-42
Jardim Contorno
CEP: 17047-281
Telefone: (14) 3879-3877

SÃO PAULO
Rua Augusta, 101
Sala 1812, 18º andar
Consolação
CEP: 01305-000
Telefone: (11) 3048-2900

E-mail: contato@astralcultural.com.br

Em memória de Thomas Andrieu.
(1966-2016)

"Não havia necessidade de despertar o desejo.
Ou já estava lá à primeira vista ou nunca esteve.
Era a consciência imediata da relação sexual,
ou não era nada."
— Marguerite Duras, *O amante*

"Ele disse: eu tinha decidido não amar mais
os homens, mas você me agradou."
— Hervé Guibert, *Fou de Vincent*

"Concluí com uma irrevogabilidade
dolorosa que os dias em que tudo era possível
tinham terminado, e que fazer o que queria,
quando queria, era história antiga. O futuro não
existia mais. Tudo estava no passado e lá ficaria."
— Bret Easton Ellis, *Lunar Park*

Um dia, posso dizer exatamente quando, pois sei a data com precisão, um dia estou no saguão de um hotel em uma cidade do interior, em um salão que também faz às vezes de bar, e estou sentado em uma poltrona diante de uma jornalista, com uma mesinha redonda entre nós, e ela me entrevista a respeito do romance mais recente que lancei: *Se résoudre aux adieux.* Ela me faz perguntas sobre os temas do livro: separação, o ato de escrever cartas, se o exílio pode ou não nos curar. Eu respondo, sei as respostas para essas perguntas. Respondo quase sem prestar atenção, com palavras que saem com facilidade, de um jeito único,

nquanto, distraído, olho para as pessoas que atra-
vessam o corredor e acompanho suas idas e vindas
suas chegadas e partidas, invento vidas para essas
pessoas que estão saindo, para as que estão chegando
e procuro imaginar de onde vêm, para onde vão
Sempre adorei fazer isso, inventar vidas para desconhecidos. Interesso-me pelas silhuetas, é quase uma
obsessão. Acho que começou na infância; sim, estava
já desde que eu era muito jovem, agora me lembro
e isso deixava minha mãe preocupada. Ela dizia
"Chega de mentiras". Usava "mentiras", em vez de
"histórias", mas mesmo assim continuei, e anos depois
ainda continuo. Estou criando hipóteses enquanto
respondo às perguntas, enquanto falo da dor de
mulheres que foram abandonadas, duas coisas que
sou capaz de fazer ao mesmo tempo, desconectando
uma da outra, quando vejo um homem de costas
puxando uma mala de rodinhas, um jovem que se
prepara para sair do hotel. A juventude emana de sua
aparência, das roupas que veste. Fico chocado com
tal imagem, porque ela é impossível, *uma imagem que
não pode existir*. Posso estar errado, é claro, já que não
consigo ver o rosto daqui, de onde estou sentado, mas
mesmo assim tenho certeza de como é o rosto desse
homem, e repito: é impossível, literalmente impossível, mas ainda assim pronuncio um nome, Thomas
e em seguida grito-o, Thomas, e a jornalista que está

da minha frente, debruçada sobre o caderno tentando anotar tudo o que digo, levanta a cabeça, assustada e fica tensa, como se eu tivesse gritado com ela. Eu deveria me desculpar, mas não o faço. Estou preso à imagem que se move para longe de mim, torcendo para que gritar seu nome cause algum efeito, mas o homem não olha para trás. Ele continua andando, e eu deveria deduzir que me enganei, me convencer de que tudo não passou de uma miragem, de que o ir e vir provocou tal alucinação, esta ilusão, mas, não. Eu me levanto de repente e vou atrás dele. Nem é tanto a necessidade de confirmação que me move porque naquele momento ainda estou convencido de que tenho razão, de que estou certo apesar da razão apesar de todas as evidências. Alcanço o homem na calçada, toco-lhe no ombro, e ele se vira.

capítulo um

1984

É o pátio de recreação de uma escola do ensino médio, uma área asfaltada e cercada de edifícios antigos de pedra cinzenta com grandes janelas altas.

Adolescentes com mochilas ou bolsas no chão, a seus pés, conversam em pequenos grupos, meninas com meninas, meninos com meninos. Se olhar com atenção, verá um supervisor entre eles, só um pouco mais velho que os outros.

É inverno.

Dá para ver nos galhos nus de uma árvore plantada ali no meio, uma árvore que alguém poderia pensar estar morta, na geada que cobre as janelas, na névoa branca que escapa das bocas e nas mãos que eles esfregam tentando produzir calor.

Estamos em meados da década de 1980.

É possível ver pelas roupas, os jeans de cintura alta muito justos, desbotados com alvejante, e os suéteres estampados. Algumas meninas usam leggings de lã coloridas que se amontoam nos tornozelos.

Eu tenho dezessete anos.

Nessa época, não tenho conhecimento de que nunca mais terei dezessete anos; não sei que a juventude não dura, que é só um momento, que ela desaparece e que, quando nos damos conta, já é tarde, acabou, sumiu, a perdemos. Alguns ao meu redor percebem isso e comentam, os adultos repetem, mas eu não lhes dou ouvidos, suas palavras entram por um ouvido e saem por outro, como água que escorre das penas nas costas de um pato. Eu sou um idiota, um idiota despreocupado.

...

Sou aluno do último ano do ensino médio, turma C, do Colégio Élie Vinet, em Barbezieux.

Barbezieux não existe.

Ou melhor, vamos dizer isso de outro jeito. Ninguém pode dizer: conheço esse lugar, consigo localizá-lo em um mapa da França. Exceto, talvez, os leitores cada vez mais raros de Jacques Chardonne, que é natural da cidade e elogiou sua improvável "felicidade". Ou aqueles, e esses são mais numerosos, que se lembram de pegar a nacional 10 para iniciar oficialmente as férias no começo de agosto, na Espanha ou em Landes, e ficam retidos ali, exatamente ali, por causa de uma sucessão de semáforos mal planejados e um estreitamento da via.

Fica em Charente. Trinta quilômetros ao sul de Angoulême. É quase o fim do departamento, quase Charente-Maritime, quase Dordogne. O solo de calcário é propício para o cultivo de vinhas, diferente do solo de argila fria de Limousin. O clima é oceânico; os invernos são amenos e chuvosos; nem sempre há verão. Desde que me entendo por gente, a predominância é sempre do cinza e da umidade. As ruínas galo-romanas; as igrejas, os châteaus; o nosso parece um castelo fortificado, mas o que havia para defender ali? À nossa volta havia colinas. A paisagem era considerada montanhosa. Basicamente, é isso.

Eu nasci lá. Na época ainda tínhamos maternidade. Ela fechou há muitos anos. Ninguém mais nasce em Barbezieux, a cidade está condenada a desaparecer.

E quem conhece Élie Vinet? Diz-se que ele foi professor de Montaigne, embora isso nunca tenha chegado a ser confirmado oficialmente. Digamos que ele foi um humanista do século XVI, tradutor de Catulo e diretor da faculdade Guyenne, em Bordeaux. E que o acaso o fez nascer em Saint-Médard, um enclave de Barbezieux. O colégio recebeu seu nome. Não encontramos ninguém melhor.

Enfim, quem se lembra das turmas C no ensino médio? Hoje são chamadas de turmas S, acho. Mesmo que essa nomenclatura não cubra a mesma realidade. Eram as turmas de matemática, supostamente as mais seletivas, as mais prestigiadas, as que abriam as portas para os cursos preparatórios que podiam conduzir às grandes universidades, enquanto as outras condenavam os alunos à faculdades locais ou a cursos técnicos de dois anos; ou a parar por ali, como se estivessem em um beco sem saída.

Portanto, venho de uma época passada, de uma cidade agonizante, de um passado sem glória.

...

Que fique claro: não me sinto arrasado por isso. As coisas são assim. Eu não escolhi nada. Como todo mundo, faço o que posso.

De qualquer forma, aos dezessete anos, não tenho uma consciência tão clara da situação. Aos dezessete anos, não sonho com a modernidade, com outro lugar, com o firmamento. Aceito o que me é dado. Não tenho ambição, não sou movido por nenhum ressentimento, nem conheço o tédio.

Sou um aluno exemplar que nunca perde uma aula, que quase sempre tira as melhores notas, que é o orgulho dos professores. Hoje eu esbofetearia aquele garoto de dezessete anos, não por suas boas notas, mas por procurar sempre agradar àqueles que o julgavam.

...

Estou no pátio com os outros. É hora do intervalo. Acabei de sair de duas horas de aula de filosofia ("Podemos admitir a liberdade do homem e, ao mesmo tempo, supor a existência do inconsciente?", o tipo de tema que, nos disseram, pode cair no exame de conclusão do ensino médio). A aula seguinte é de ciências naturais. O frio arde em minhas bochechas. Estou vestindo um suéter *jacquard* predominantemente azul. Um suéter largo e macio que uso com muita frequência. Jeans, tênis brancos. E óculos. São novos. Minha visão piorou repentinamente no ano passado; em poucas semanas fiquei míope sem ninguém saber o porquê. Fui obrigado a usar óculos e obedeci, não poderia ser de outra forma. Tenho cabelo cacheado e fino, meus olhos são verdes. Não sou bonito, mas chamo atenção, eu sei. Não pela aparência, não, mas pelos resultados. As pessoas sussurram: ele é brilhante, está muito acima dos outros, vai longe, assim como o irmão, os dois destaques da família. Estamos em um lugar, em uma época, em que muitos não vão a lugar nenhum e, por isso, sou alvo tanto de simpatia quanto de antipatia.

Eu sou esse rapaz, ali, no inverno de Barbezieux.

...

Estou acompanhado de Nadine A., Geneviève C. e Xavier C. Tenho esses rostos gravados na memória, quando tantos outros, mais recentes, a abandonaram.

No entanto, não é neles que estou interessado.

Olho de longe para um garoto encostado em uma das paredes, dois rapazes da mesma idade estão ao seu lado. Um menino de cabelo desalinhado, com uma sugestão de barba e aparência séria. Um menino de outra turma. Último ano D. Outro mundo. Entre nós, uma fronteira intransponível. Talvez desprezo. No mínimo, desdém.

E só tenho olhos para ele, o garoto magricelo e distante, que não fala, que se contenta em ouvir os outros dois sem interromper, sem nem sequer sorrir.

Sei como se chama. Thomas Andrieu.

...

Preciso contar: sou filho de professor, o diretor da escola.

Além disso, cresci em uma escola primária a oito quilômetros de Barbezieux. Em um apartamento de primeiro andar que nos fora atribuído, sobre a única sala de aula do lugar.

Meu pai foi meu professor desde o jardim de infância até a metade do ensino fundamental. Sete anos recebendo seus ensinamentos, ele em sua camisa cinza e nós atrás de nossas carteiras de madeira. Sete anos aquecidos por um aquecedor a óleo, com mapas da França nas paredes, uma França de antigamente, uma França com seus rios e afluentes, os nomes de cidades escritos em tamanho proporcional à população do lugar, publicados pela editora Armand Colin, e com a sombra de duas árvores projetadas das janelas. Sete anos o tratando por "Senhor" durante o horário de aula, não porque ele exigisse, mas para não me distinguir, não me dissociar dos meus colegas, e também porque esse pai encarnava a autoridade com a qual não se discute. Depois do horário, eu ficava com ele na sala de aula, fazendo minha lição de casa enquanto ele preparava as aulas do dia seguinte, traçando linhas horizontais e verticais em seu grande caderno e preenchendo os quadradinhos com sua bela caligrafia. Ele ligava o rádio para ouvir o "Radioscopie", de Jacques

Chancel. Eu não esqueço. É dessa infância que venho.

Meu pai fazia questão das boas notas. Eu não tinha o direito de ser medíocre, ou mesmo mediano. Tinha que ser simplesmente o melhor. Havia apenas um lugar: o primeiro. Ele afirmava que a salvação vinha através dos estudos, que só estes me permitiriam "subir na vida". Ele queria as melhores escolas para mim, só isso. Eu obedecia. Como com os óculos. E ficava muito grato.

...

Recentemente, voltei a esse lugar da minha infância, a essa pequena cidade onde havia tantos anos não punha os pés. Voltei com o S., para que ele *soubesse*. O portão ainda estava lá, com suas cortinas de glicínias, mas as árvores tinham sido cortadas e a escola, fechada (fazia muito tempo). Agora o prédio era residencial. Apontei a janela do meu quarto. Tentei imaginar os novos moradores, mas não consegui. Depois, voltamos para o carro e mostrei a ele a cidade onde a cada dois dias passava um caminhão de entrega, uma velha van Citroën que servia de loja de conveniência móvel, o estábulo onde íamos buscar o leite, a igreja decrépita, o pequeno cemitério em declive, a floresta onde cresciam cogumelos porcini no início de outubro. Ele não imaginava que eu pudesse ter saído daquele mundo tão rural, tão mineral, um mundo lento, quase imóvel, fossilizado. E me disse: "Você deve ter precisado de muita força de vontade para sair daqui". Ele não disse: *ambição*, *coragem* ou *ódio*. Respondi: "Foi meu pai quem quis isso para mim. Eu gostaria de ter ficado nessa infância, nesse casulo".

...

Não sei de quem Thomas Andrieu é filho, nem se isso tem alguma relevância. Não sei onde ele mora. Neste momento, não sei nada sobre ele. Só que é da turma D. E que tem cabelo abundante e aparência séria.

Sei o nome dele porque descobri por conta própria. Simples assim, um dia, do jeito mais casual, no tom mais superficial, antes de passar para outro assunto. Mas não descobri mais nenhum detalhe.

E, sem dúvida alguma, não quero que ninguém saiba que estou interessado nele. Porque não quero que ninguém se pergunte *por que razão* eu estaria interessado nele.

Porque esse tipo de questionamento só alimentaria os boatos a meu respeito. Dizem por aí que "prefiro meninos". Que às vezes gesticulo como uma menina. Além disso, não sou bom em esportes, sou péssimo em ginástica, incapaz de lançar peso ou dardo, e não me interesso por futebol nem por vôlei. Gosto de livros e os leio o tempo todo. Muitas vezes sou visto saindo da biblioteca do colégio com um romance nas mãos. E eu não tenho uma namorada. Essas coisas são suficientes para construir uma reputação. Ouço insultos com regularidade, "bicha imunda" (às vezes é simplesmente "bicha"), gritados de longe ou sussurrados quando passo, e tento ignorá-los por completo, nunca os respondo, demonstro apenas a mais perfeita indiferença, como se não tivesse ouvido (como se fosse possível não ouvir!). O que só piora a situação: um heterossexual de verdade nunca deixaria as pessoas falarem esse tipo de coisa, eles negariam de pés juntos e dariam uma surra em quem proferisse os insultos. Permitir que falem tais coisas é uma confirmação.

...

Obviamente, eu "prefiro meninos".

Mas ainda não consigo pronunciar essa frase.

Descobri minha orientação muito cedo. Aos onze anos. Mesmo tão novo, eu sabia. Aos onze anos, entendi. Eu me sinto atraído por um menino da cidade chamado Sébastien, dois anos mais velho que eu. A casa onde ele mora não é muito longe da nossa e tem um anexo, uma espécie de celeiro. No andar de cima, acessível por uma escada improvisada, tem uma sala onde guarda-se tudo e mais um pouco.

Tem até um colchão. Foi nesse colchão que rolei nos braços de Sébastien pela primeira vez. Ainda não estamos na puberdade, mas já temos curiosidade pelo corpo um do outro. O primeiro pênis que seguro, além do meu, é o dele. Ele me dá o primeiro beijo. O primeiro abraço de pele tocando pele é com ele.

Aos onze anos.

Às vezes também nos refugiamos no trailer dos meus pais, que deixamos em uma garagem anexa durante a baixa temporada (a partir da primavera, nós o estacionamos na área de *camping* da GCU em Saint-Georges-de-Didonne, onde vamos passar os fins de semana, passear na praia, comprar churros na orla e camarões cinza no mercado. Eles vão parar em tigelas na hora do aperitivo). Sei onde fica a chave. O interior tem cheiro de mofo e é escuro, mas lá os gestos podem ser mais precisos e não somos limitados por nenhum pudor.

Hoje fico impressionado com nossa precocidade, porque naquela época não havia internet, nem videocassetes, nem Canal Plus; nunca tínhamos visto pornografia, mas sabíamos o que fazer. Há coisas que não precisamos aprender, nem mesmo quando crianças. Na puberdade seremos ainda mais imaginativos. Ela chegará rapidamente.

...

Não fico nem um pouco perturbado com essa revelação. Pelo contrário, me encanta. Em primeiro lugar, porque tudo acontece nos bastidores, e as crianças adoram brincadeiras secretas, a clandestinidade que afasta os adultos. Em segundo, porque não vejo mal nenhum em me sentir bem. Eu sentia prazer com Sébastien, e não consigo imaginar a associação do prazer a um defeito. Por fim, porque acho que esta situação define minha diferença. Não serei como todo mundo, então. Enfim vou me destacar. Vou deixar de ser a criança-modelo. Não terei de seguir o bando. Por instinto, odeio matilhas. Isso nunca mudou em mim.

...

Mais tarde, portanto, enfrento a violência provocada por essa suposta diferença. Ouço os famosos insultos, as insinuações maldosas. Vejo os gestos afeminados que são exagerados na minha presença, os punhos desmunhecados, os olhos revirados, as imitações de sexo oral. Se fico calado é para não ter de enfrentar essa violência. Covardia? Talvez. Uma necessidade de me proteger, óbvio. Mas nunca vou mudar. Jamais pensarei: *Isso é ruim*, ou *seria melhor ser como todo mundo*, ou *vou mentir para que eles me aceitem*. Nunca. Eu me mantenho o que sou. Em silêncio, claro. Mas um silêncio teimoso. Orgulhoso.

...

Guardei aquele nome. Thomas Andrieu.

Acho que é um nome lindo, uma identidade linda. Ainda não sei que um dia vou escrever livros, vou inventar personagens, vou ter que dar nomes a tais personagens, mas já sou sensível ao som das identidades, à sua fluidez. Por outro lado, sei que o primeiro nome às vezes trai uma origem social, um ambiente, e que ancora aqueles que os carregam em uma determinada época.

Descobrirei que Thomas Andrieu é, em última análise, uma identidade enganosa.

Em primeiro lugar, Thomas não é um primeiro nome atribuído com frequência em meados dos anos 1960 (já que o "meu" Thomas fará dezoito anos em 1984). Os meninos costumavam ser chamados de Philippe, Patrick, Pascal ou Alain. Nos anos 1970, foram os Christophes, os Stéphanes e os Laurents que predominaram. Basicamente, os Thomas só conseguiram se destacar de fato na década de 1990. Então o menino de olhos pretos está à frente de seu tempo. Ou melhor, os pais dele estão. É o que deduzo. Contudo, mais uma vez, descobrirei que não é bem assim. O primeiro nome foi de um avô que morreu de forma prematura, só isso.

Sendo assim, Andrieu é um enigma. Pode ser o nome de um general, de um homem da igreja ou de um camponês. Mesmo assim, parece-me que é um nome comum, sem que eu saiba muito bem justificar essa impressão.

Resumindo, posso imaginar tudo. E não me privo disso. Alguns dias, T. A. é uma criança boêmia, fruto de uma família solidária aos levantes de maio de 1968. Outros dias, ele é o filho meio devasso de burgueses, como às vezes são os filhos que querem incomodar pais rígidos.

Tenho a obsessão de inventar vidas. Já falei disso.

Em todo caso, gosto de repetir o primeiro nome para mim mesmo em segredo, em silêncio. Gosto de anotá-lo em pedaços de papel. Sou estupidamente sentimental. De qualquer maneira, isso não mudou muito.

...

Então, naquela manhã, estou no pátio e dou uma olhada em Thomas Andrieu.

É um momento que já aconteceu antes. Em inúmeras ocasiões, olhei rapidamente na sua direção. Também aconteceu de eu passar por ele nos corredores, de ver que vinha em sentido contrário, de passar por Thomas, de sentir que ele seguia em frente e se afastava atrás de mim sem se virar. Acontecia de estarmos na cantina na mesma hora, ele almoçando com o pessoal de sua sala, mas nunca dividíamos a mesma mesa. As turmas dificilmente se misturam. Uma vez o vi enquanto estava no tablado durante a aula. Ele teve de fazer uma apresentação e algumas salas tinham vidraças. Dessa vez diminuí o ritmo para um olhar mais detalhado, e ele, ocupado demais com a apresentação, não percebeu, porque não suspeitava de nada em meu comportamento. Às vezes, ele se senta nos degraus em frente à escola e fuma um cigarro. Percebo seu olhar vazio enquanto a fumaça lhe sai da boca. À noite, eu o vejo sair do colégio e ir ao Campus, um bar que fica ao lado da escola e no cruzamento com a nacional 10, provavelmente para encontrar alguns amigos. Passando na frente das janelas do bar, reconheço-o bebendo uma cerveja e jogando pinball. Eu me lembro do movimento dos quadris dele contra a máquina de pinball.

Mas nunca trocamos nem uma palavra sequer, nenhum contato. Nem mesmo por acidente.

E eu sempre me contive para não ficar olhando por muito tempo, para não causar nele estranheza ou o desconforto de se sentir observado.

Eu penso: *Ele não me conhece, de jeito nenhum*. Claro, é provável que tenha me visto, mas nada ficou gravado em sua memória, nem a menor imagem. Talvez o boato que circula a meu respeito tenha chegado a seus ouvidos, mas ele nunca se juntou aos que assobiam quando passo, aos que me aporrinham. Também não existe a possibilidade de ele ter ouvido os elogios que os professores fazem para mim; ele não deve se importar nem um pouco.

Para ele, sou um estranho.

...

Estou nesse estado de desejo unilateral, fadado, neste momento, a permanecer insatisfeito. Um amor não correspondido.

Sinto esse desejo como um frio na barriga, um arrepio nas costas. Mas o tempo todo preciso contê-lo, reprimi-lo para que não me traia diante dos outros. Porque já entendi que o desejo é visível.

O impulso também, eu sinto. Sinto um movimento, uma trajetória, algo que me leva até ele, que me faz voltar a ele o tempo todo. Mas preciso me manter imóvel. Tenho que me conter.

O sentimento de amor me transporta, me faz feliz. Mas também me queima, me é doloroso, como são dolorosos todos os amores impossíveis.

Tenho total consciência dessa impossibilidade. É possível lidar com a dificuldade. É possível se esforçar, recorrer a artimanhas, tentar seduzir, embelezar-se na esperança de derrotá-la. Mas a impossibilidade, por sua natureza, carrega consigo nossa derrota.

Esse garoto, *obviamente*, não é para mim.

E nem é porque não sou suficientemente sedutor ou atraente. É porque ele não faz parte das possibilidades para os meninos. Não foi feito para eles, para aqueles *como eu*. São as meninas que vão ficar com ele.

Além disso, elas estão sempre ao seu redor. Elas se aproximam, procuram a atenção dele, sua presença. Na verdade, mesmo as que demonstram indiferença só o fazem para cair em suas graças.

E ele vê o que elas fazem. Sabe que as agrada. Caras bonitos sabem o efeito que causam. É como uma certeza tranquila.

Às vezes ele permite que se aproximem. Já o vi acompanhado por algumas escolhidas. Em geral, são as bonitas. No mesmo instante, sinto um ciúme passageiro. E impotência.

No entanto, na maioria das vezes, ele as mantém afastadas. Tenho a impressão de que prefere a companhia dos amigos. Parece que o gosto pela amizade, ou pela camaradagem decorrente dela, é maior que por quaisquer outras coisas. Porém, não deixo de me surpreender, justamente porque ele poderia usar a arma da beleza com facilidade, porque está na idade das conquistas e porque é possível impressionar os outros multiplicando-as. Sua indiferença não é suficiente, porém, para me fazer desistir de uma esperança secreta. Ela apenas o torna ainda mais atraente para mim. Porque admiro quem não exerce o poder que tem.

Ele também gosta da solidão, é óbvio. Fuma sozinho. Fala pouco. Acima de tudo, tem aquela atitude, o corpo encostado na parede, o olhar voltado para o sol ou para o chão, para os tênis, esse jeito de estar ausente do mundo.

Acho que o amo por causa dessa solidão. E acho que foi precisamente isso o que me atraiu nele. Gosto, em igual medida, de seu retraimento, do distanciamento do mundo exterior e da ausência de medo. Essa singularidade me comove, me domina.

...

Mas voltemos àquela manhã de inverno em 1984, um inverno de ventos violentos, mau tempo, naufrágios no Canal da Mancha, nevascas nas colinas. Vemos as imagens no jornal das oito (ainda dizemos oito, não vinte).

Uma manhã que deveria ser como todas as outras, encharcada do meu desejo estéril, da ignorância dele a meu respeito.

Mas as coisas não acontecem de acordo com o planejado.

À medida que o intervalo chega ao fim e as aulas recomeçam, alguns alunos tornam a regressar aos corredores, a abandonar o frio intenso do pátio, as conversas sobre política, programas de televisão e as próximas férias de fevereiro. Nadine, Geneviève e Xavier se afastam para pegar suas mochilas na sala polivalente, e eu fico sozinho, agachado, procurando um livro de ciências naturais na bagunça da minha mochila. De repente, sinto uma presença ao meu lado. Logo de cara reconheço os tênis brancos, e é um tormento. Devagar, levanto a cabeça e olho para o menino acima de mim. Atrás dele, um céu azul imaculado e os raios de um sol frio. Thomas Andrieu também está sozinho, seus companheiros provavelmente agora sobem a escada em direção a uma sala de aula, e mais tarde ele dirá que inventou um pretexto para que eles seguissem em frente, para que não o esperassem, pois tinha de ir à biblioteca pegar uma revista, ou algo assim. Ele fica parado no frio do inverno, e estou a seus pés. Levanto-me preocupado, atordoado, mas tento não demonstrar nada dessa preocupação, dessa estupefação. Acho que ele pode me dar um soco; sim, essa ideia me passa pela cabeça, ele dando um soco na minha cara sem ninguém como testemunha. Não sei por que faria tal coisa, talvez porque insultos já não sejam mais suficientes e ele sinta a necessidade de agir. De qualquer maneira, digo a mim mesmo que é possível, que pode acontecer. Isso diz muito da antipatia que acho provocar. E também da minha cegueira. Porque, em vez disso, ele fala, com tranquilidade: "Não quero almoçar na cantina hoje. Podemos comer um sanduíche na cidade. Eu conheço um lugar". Ele dá um endereço. Marca uma hora precisa. Fico olhando para ele, e digo: "Estarei lá". Com sutileza, ele baixa as pálpebras. É isso, os olhos semicerrados por um segundo, como um alívio, uma confirmação. Então vai embora sem acrescentar nada. Como um idiota, fico com o livro nas mãos, antes de me abaixar outra vez e fechar a mochila. Sei que essa cena acabou de acontecer, não sou maluco, mas me parece *inacreditável*. Eu examino o asfalto, ouço a quietude à minha volta, vejo o vazio do pátio cercado por um silêncio cada vez maior.

...

Vou me lembrar deste momento por muito tempo, o momento em que um jovem se aproxima com passos confiantes. Pensarei nisso como uma brecha pequena e perfeita em uma janela de oportunidade extraordinariamente breve, uma chance quase improvável. Se eu não tivesse sido abandonado por meus amigos, se ele não tivesse conseguido convencer os dele a voltar para a aula sem esperá-lo, o momento não teria acontecido. Nada teria acontecido.

Tento medir a parte desempenhada pelo acaso, a parte da sorte, avaliar a natureza do perigo que cerca o encontro, e não consigo. Estamos no imponderável. (Mais tarde, ele me contou que havia esperado várias vezes por essa configuração perfeita antes de se aproximar, mas que ela nunca havia acontecido. Até aquela manhã.)

Nos anos seguintes, escreverei muitas vezes sobre o imponderável, o imprevisível que determina os acontecimentos.

Também escreverei acerca de encontros que mudam as coisas, as conjunções inesperadas que modificam o curso de uma vida, os cruzamentos involuntários que desviam trajetórias.

Tudo começa aí, no inverno dos meus dezessete anos.

...

Na hora marcada, abro a porta do café.

Fica na periferia da cidade. Estou surpreso com a escolha de um lugar assim, que não é central, não tem nenhuma facilidade de acesso. E penso: *Ele deve gostar de lugares longe da agitação*. Ainda não entendi que a escolha foi provocada justamente por ser um lugar distante, escondido. Tenho essa inocência, essa imbecilidade. Embora esteja habituado à prudência, à arte de não responder a perguntas, ainda não sei nada a respeito de dissimulação, de clandestinidade. Descobri tudo isso com o café, com a distância da cidade, a baixa frequência. As pessoas que aqui consomem estão apenas de passagem, muitas vezes são só viajantes que param para um intervalo antes de voltarem à estrada, de seguirem viagem. Ou apostadores que vieram perfurar o *ticket* para as corridas de cavalos. Ou idosos bêbados encostados no balcão, os olhos vidrados, resmungando contra *o poder socialista-comunista*. De qualquer maneira, trata-se de pessoas que não nos conhecem, para quem nada representamos, para quem nada significaremos e que nos esquecerão assim que deixarmos o lugar.

Quando passo pela porta do estabelecimento, ele já está lá. Organizou tudo para chegar antes de mim, talvez para fazer um reconhecimento, ter certeza de que não corríamos nenhum perigo, e para que não fôssemos vistos entrando juntos.

Quando sigo na direção dele, percebo o piso úmido porque meus sapatos grudam, vejo as mesas de fórmica azul-celeste e amarelo-canário, imagino a esponja úmida que passam para limpá-las rapidamente depois de retirarem as xícaras de café vazias, as jarras de cerveja esvaziadas. Nas paredes, vejo cartazes de antigas propagandas de bebidas Cinzano e Byrrh, uma França dos anos 1950. Atrás do balcão, um sujeito de rosto carrancudo mantém um pano pendurado no ombro, parecendo o personagem de um filme com Lino Ventura. Sinto-me um intruso, um erro.

Thomas instalou-se no fundo do bar, determinado a passar despercebido. Ele fuma, ou melhor, nervoso, traga um cigarro (ainda podemos fumar nos cafés). Um chope é deixado na frente dele (também servem álcool para menores). Ao me aproximar e notar seu nervosismo, percebo que, na verdade, é só timidez, algo entre o constrangimento e a excitação, uma espécie de confusão, mais que apreensão. Pergunto-me se ele sente vergonha, quero acreditar que seja apenas constrangimento, uma manifestação de pudor. Também me lembro de sua brutalidade única, que o destaca. Fico perturbado quando me lembro de sua segurança masculina, da confiança tranquila, e eu poderia me desanimar sob a evidência de seu orgulho, mas a verdade é que nada me emociona mais que brechas na armadura e a pessoa que elas revelam.

Quando me sento diante dele sem dizer nada, de início ele não levanta a cabeça. Mantém os olhos cravados no cinzeiro. Bate o cigarro para derrubar as cinzas, mas ainda não o queimou o suficiente. É um gesto com que pretende transmitir compostura, mas que só o faz parecer ainda mais vulnerável. Ele não toca na cerveja. Persisto no meu silêncio, convencido de que cabe a ele falar primeiro, afinal foi dele a iniciativa de fazer esse estranho convite. Acho que o silêncio acentua seu desconforto, mas o que posso fazer?

Estou tremendo. Sinto as vibrações nos ossos, como quando o frio intenso nos pega de surpresa, quando nos tira do eixo. Digo a mim mesmo: *Ele, no mínimo, deve perceber os tremores.*

E finalmente ele fala. Espero palavras comuns, alguma coisa para quebrar o gelo, para nos tirar da estranheza e nos devolver à banalidade. Ele poderia me perguntar como estou, se foi fácil achar o lugar ou o que quero beber. Eu entenderia essas perguntas, responderia com entusiasmo, muito feliz por encontrar nelas a salvação, os meios para acalmar os tremores.

Mas, não.

Ele diz que nunca fez isso antes, jamais, que nem mesmo sabe como ousou, como se sentiu capaz disso, como colocou isso para fora. Ele revela todas as perguntas, todas as hesitações, todas as negações que enfrentou, todos os obstáculos que precisou superar, todas as objeções que refutou, a luta interior íntima e silenciosa que travou para chegar até ali, mas acrescenta que superou tudo isso porque não teve escolha, porque tinha que agir, porque passou a ser uma necessidade, porque resistir se tornou muito cansativo. Ele traga o cigarro, quase o morde, e a fumaça entra nos olhos. Diz que não sabe lidar com isso, mas, pronto, lá está, e ele me entrega tudo como uma criança que joga o brinquedo aos pés dos pais.

...

Ele diz que não aguenta mais ficar *sozinho com esse sentimento*. Que isso o machuca muito.

...

Com essas palavras, ele chega ao xis da questão, é direto. Poderia ter se envolvido em táticas de procrastinação, em contorções semânticas ou até mesmo simplesmente desistido. Talvez quisesse verificar antes se não estava enganado quanto a mim. Mas, não, escolheu oferecer-se, desnudar-se, dizer, à sua maneira, o que o fez se aproximar de mim, correndo o risco de ser incompreendido, ridicularizado, rejeitado.

...

Eu digo: "Por que eu?".

Uma forma de também ir direto ao ponto, de demonstrar a mesma franqueza. Uma forma de também validar todo o restante, tudo o que foi dito, de remover obstáculos. Uma forma de dizer: *Eu entendo, está tudo bem, sinto a mesma coisa*.

No entanto, estou chocado com o que foi dito, porque nada me preparou para esse momento, porque tudo vai contra minhas certezas. A informação que recebi é uma revelação absoluta, um novo mundo, um deslumbramento. Também é uma explosão, uma bala disparada bem perto do tímpano.

Mas, em uma fração de segundo, adivinhei que tinha de reagir à altura do acontecimento, que ele não toleraria uma gagueira, um estupor, ou então todo esse grande acontecimento cairia por terra.

E deduzi, por instinto, que era provável que uma nova pergunta nos salvasse da queda, do desastre.

A pergunta que se impõe é: "Por que eu?".

As imagens se atropelam: os óculos para a miopia, o suéter deformado, os petelecos na cabeça dados por outros alunos, as notas excelentes, os trejeitos femininos. A pergunta faz sentido.

Ele diz: "Porque você não é como os outros, porque eu só enxergo você, e você nem percebe".

Ele acrescenta a frase seguinte, inesquecível para mim: "*Porque você vai embora e nós ficaremos*".

...

Tenho lágrimas nos olhos ao reproduzir as palavras.

Continuo fascinado com essa frase, por ter sido endereçada a mim. Que fique claro: não é a possível premonição que ela contém que me fascina, nem mesmo o fato de ela ter sido percebida. Também não é a maturidade ou o deslumbramento que supõe. Nem é a disposição das palavras, mesmo que eu perceba que provavelmente não teria sido capaz de encontrá-las naquele momento, nem de mais tarde escrevê-las. É a violência do que elas expressam, do que transmitem: a inferioridade que revelam e, ao mesmo tempo, o amor subjacente que expressam, o amor que se torna necessário pela separação iminente, inevitável, o amor que se torna possível para ele também.

...

Ele me conta algo que não sei: eu vou embora.

Minha existência vai continuar em outro lugar. Longe, muito longe de Barbezieux, de sua languidez, de seu céu cinzento, do horizonte sufocante. Ele me diz que vou escapar como quem escapa de uma prisão, que vou ter sucesso.

Que vou para a capital, que me instalarei por lá e encontrarei meu lugar nela.

Que depois, então, vou viajar pelo planeta, pois não fui feito para o sedentarismo.

Ele imagina uma ascensão, uma elevação, uma epifania. Acredita que tenho um destino brilhante. Está convencido de que, dentro da nossa comunidade quase esquecida pelos deuses, existe apenas um pequeno número de escolhidos, e que eu sou um deles.

Ele acredita que em breve não terei mais nada a ver com este mundo da minha infância, que serei como um bloco de gelo que se desprendeu do continente.

Se ele tivesse expressado qualquer uma dessas impressões, eu teria caído na gargalhada.

...

É como eu disse: neste momento, não tenho ambição. Certamente reconheço que vou ter que estudar muito e me dedicar com afinco (sou muito disciplinado, até deferente), mas não sei aonde isso vai me levar. Imagino que vou precisar escalar trechos de montanha (já que tenho as qualidades de um alpinista), mas os cumes permanecem incertos, imprecisos. No fim, meu futuro é nebuloso, e não me importo.

Pior ainda: não sei que um dia escreverei livros. É uma hipótese inconcebível, que não entra no meu campo das possibilidades, que vai além da minha imaginação simples. E se, por algum acaso extraordinário, isso passasse pela minha cabeça, eu afastaria a ideia de imediato. O filho do diretor da escola, um saltimbanco? Nunca. Escrever livros não seria uma ocupação adequada e, acima de tudo, não é uma profissão, não dá dinheiro, não proporciona segurança nem posição. Além disso, não faz parte da vida real. Escrever está fora dela, ou é algo paralelo a ela. A vida real precisa ser agarrada, enfrentada. *Não, nunca, meu filho, nem pense nisso!* Ouço essa declaração na voz de meu pai.

E já mencionei: não tenho nenhum desejo de ir para outro lugar, nenhuma vontade de fugir. Mais tarde, isso me invadirá, me dominará. Começará, como de costume, com um gosto por viagens, por novos territórios, por cartões-postais e mapas-múndi. Vou viajar de trem, de barco, de avião, vou adotar a Europa. Vou descobrir Londres, um hostel para jovens perto da estação Paddington, um concerto do Bronski Beat, os brechós, os oradores do Hyde Park, as noites de cerveja, os jogos de dardos, algumas noites selvagens. Vou descobrir Roma, caminhar entre as ruínas, abrigar-me sob a proteção dos pinheiros, jogar moedas em fontes, observar os meninos de cabelos penteados para trás assobiando para as meninas que passam, a vulgaridade e a sensualidade. Vou descobrir Barcelona, perambular bêbado por La Rambla e ter encontros casuais tarde da noite à beira-mar. Vou descobrir Lisboa e a tristeza que me invade diante do esplendor desbotado. Vou descobrir Amsterdã e suas volutas cativantes e os vermelhos-néon. Essas coisas que fazemos aos vinte anos, você bem sabe. Depois virá o gosto pelo movimento, a impossibilidade de ficar em um só lugar, o ódio pelas raízes que prendem. "Não importa para onde vá, mas mude de cenário", diz a letra de uma música. Lembro-me de Xangai, da multidão fervilhante, da feiura de uma cidade artificial que não preserva nem sequer a majestade de seu rio. Lembro-me de Joanesburgo, de ser um estrangeiro branco em uma cidade negra, dessa provocação. Lembro-me de Buenos Aires, do povo sublime e aflito dançando acima de um vulcão, das moças de pernas infinitas e das mulheres mais velhas esperando por um retorno que não acontecerá. Depois, mais uma vez, a necessidade do exílio, de colocar milhares de quilômetros entre mim e a França, o *jet lag*, pensar seriamente em me mudar para Los Angeles em caráter definitivo, para nunca mais voltar. Mas aos dezessete anos, nada, *nada* disso me ocorre. Não vou embora.

...

Thomas Andrieu diz que tudo deve ser mantido em sigilo. Que ninguém poderia saber. Essa é a condição. É pegar ou largar. Ele apaga o cigarro no cinzeiro. Por fim, levanta a cabeça. Eu o encaro, vejo em seus olhos a determinação sombria, a raiva que os domina. Respondo que concordo com sua condição. Isso me impressiona, essa exigência, o ardor nos olhos dele.

...

Mil perguntas passam por minha cabeça: como começou para ele? Como aconteceu? E quando? Como é que ninguém percebe isso nele? Sim, como pode ser tão indetectável? E então: tem a ver com sofrimento? Só sofrimento? E ainda: eu sou o primeiro? Ou houve outros antes de mim, outros igualmente secretos? E também: o que *exatamente* ele imagina para nós? Não faço nenhuma dessas perguntas, é claro. Acato sua condição, as regras do jogo.

Ele diz: "Eu conheço um lugar".

...

A rapidez e a brutalidade da proposta me desconcertam. Éramos completamente estranhos até uma hora mais cedo, pelo menos eu pensava que fôssemos, já que não percebia o desejo dele por mim, não notava seus olhares furtivos, não sabia que ele se informava a meu respeito, que tinha percorrido um caminho tão longo, então, sim, repito: éramos completos desconhecidos, e agora ele me convida, à queima-roupa, para ir não sei aonde fazer eu sei o quê.

E respondo: "Eu vou com você".

...

Naquele momento, eu o seguiria para qualquer lugar, faria qualquer coisa que ele pedisse.

...

Porém, estou convencido de que não existe toda essa rapidez e facilidade que só vemos em filmes, nos romances ruins ou nas grandes cidades, em que as pessoas estão acostumadas a se conhecer e trepar, relações urgentes, desinibidas. Lembro-me de uma vez ter visto dois desconhecidos se aproximarem depois de uma troca de olhares e desaparecerem por uma passagem atrás da estação de trens Bordeaux--Saint-Jean, ao lado de uma sex shop. Eu tinha quinze anos e fiquei chocado, perturbado com aquilo, mas, acima de tudo, fiquei incrédulo, repetindo para mim mesmo: devo estar enganado, é minha imaginação, ninguém se tranca desse jeito em um lugar depois de um olhar, devo ter interpretado mal. E ainda estou lá. Nessa virgindade. Imagine só.

...

Ele se levanta e deixa cinco francos sobre a mesa pela cerveja que mal tocou. Ele sai, e eu o sigo. Caminhamos em silêncio, ele sempre um pouco à frente, andando a passos rápidos com os ombros curvados, e não é só efeito do frio. Ele acende outro cigarro. Às vezes fico para trás, olho para suas costas e contemplo os músculos salientes, a pele clara salpicada de pintas, e sou forçado a acelerar o passo para alcançá-lo.

Para minha grande surpresa, voltamos para o colégio, mas no último instante viramos rumo ao ginásio, vazio àquela hora. E fechado também. Pelo menos, é o que imagino. Mas ele tem tudo planejado. Contorna o galpão pré-fabricado, sobe em um muro baixo, alcança uma janelinha e a empurra, ela cede e abre. Ele passa pela janela. Pergunto-me como conhece aquela entrada, se já a usou antes. Ele estende a mão para me ajudar a entrar. Acho que essa mão estendida é nosso primeiro contato. Eu nunca o tinha tocado antes. E aconteceu ali, durante aquela invasão. Sua pele é macia.

O local está deserto, cheira a suor, a memória de esforço físico adolescente, a limpeza questionável. O assoalho range sob nossos pés. Em um canto, está o cesto de bolas. Thomas continua caminhando naquela direção, leva-me aos vestiários, atrás dos chuveiros.

É lá que fazemos amor.

...

O amor são bocas que se procuram, que se encontram, lábios que se mordem, um pouco de sangue, os pelos da barba dele que irritam meu queixo, as mãos que seguram meu maxilar para que eu não consiga escapar.

É a mecha de cabelo áspero em que deslizo os dedos, a rigidez de seu pescoço, meus braços que o envolvem, que o abraçam para estarmos o mais perto possível, para que não haja espaço entre nós.

São os troncos que se encaixam e depois recuam para tirarmos rapidamente cada peça de roupa (o suéter *jacquard*, a camiseta) para que as peles se toquem. O peito dele é musculoso, sem pelos, os mamilos são planos, escuros; o meu é magro, ainda não é deformado como ficará mais tarde, depois das pancadas de um médico de pronto-socorro.

Trocamos carícias frenéticas. Meus dedos encontram uma constelação de pintas nas costas dele, como eu imaginava.

Desabotoamos os jeans. Descubro seu pênis venoso, branco, suntuoso. Estou maravilhado com seu sexo. Serão anos e muitos amantes antes de eu me reconectar com esse sentimento de deslumbramento.

Amor é tomar o sexo do outro na boca, é manter uma certa atitude, apesar do frenesi. É se controlar para não gozar, tal a força da excitação. É abandono, a louca confiança no outro.

Acho que não é a primeira vez dele. Os movimentos são demasiado seguros, muito simples para não terem sido realizados antes com outro... com vários outros, talvez.

E aí ele me pede para penetrá-lo, para entrar nele. Ele diz as palavras sem constrangimento, e também sem ser autoritário. Eu obedeço. Estou assustado. Sei que pode doer. Que podemos nos machucar se um não souber o que fazer. Que a cavidade pode resistir. Cuspo no meu pau, entro devagar.

O amor acontece sem camisinha.

Mas a aids está por aí. Agora até conhecemos sua verdadeira identidade. Não a chamamos mais de "câncer gay". Ela está lá, mas pensamos estar salvos dela, nada sabemos sobre a grande dizimação que ainda acontecerá, que nos privará dos melhores amigos, de antigos amantes, que promoverá reuniões em cemitérios, que nos fará riscar nomes de nossas agendas de endereços, que nos deixará indignados com tantas ausências. Ela está lá, mas ainda não nos assusta. E então acreditamos que a extrema juventude nos protege. Temos dezessete anos. Ninguém morre aos dezessete anos.

O sofrimento se transforma em deleite. O prazer acontece.

E logo depois vem o cansaço, um cansaço gigantesco que nos deixa atordoados, sem palavras, estonteados. Vários minutos se passam antes de recuperarmos os sentidos. Voltamos a nos vestir sem trocar um olhar, sem pronunciar nem sequer uma palavra.

Gostaria de fazer um gesto que sugerisse ternura, mas me contenho.

Saímos do ginásio do modo como entramos. Passamos pela janela e voltamos ao ar gelado do inverno lá fora.

Ele diz: "Tchau".

E vai embora. Desaparece.

...

Eu deveria poder permanecer naquele estado de deslumbramento. Ou de perplexidade. Ou deveria me deixar dominar pela incompreensão. Porém, o sentimento que prevalece nesse momento em que ele desaparece é o de *abandono*. Talvez por *já* me ser um sentimento conhecido.

É um parque de diversões, aquele que acontece uma vez por ano, na Páscoa, na Place du Château. Tem brinquedos e até um carrossel de cavalos de madeira, carrinhos de bate-bate, barraca de tiro ao alvo com rifle, bichos de pelúcia rosa e azuis de todos os tamanhos para se ganhar, um tobogã, caça-níqueis, saco de pancadas para medir a força, barracas de doces, cheiro de algodão-doce e waffle, barracas de bebidas para adultos, um locutor que fica arrotando no microfone sem ninguém saber de onde vem sua voz, música muito alta o tempo todo, mas sem palhaços, sem ilusionistas, provavelmente caros demais para uma cidade como Barbezieux. Eu tinha sete anos de idade. Minha mãe me trouxe aqui. Eu insisti muito. Quase não havia diversão e lazer à nossa volta, exceto esse parque uma vez por ano, na Páscoa. Minha mãe concordou. Eu estava fascinado. Queria subir no carrossel muitas vezes, tentar pegar o rabo do Mickey, conhecer todas as atrações; estava exausto, mas não via a exaustão da minha mãe. Também não vi que ela encontrou uma de nossas vizinhas e começou a conversar, pois estou ocupado demais com a maçã do amor que ela comprou para mim e que devoro enquanto contemplo os carrinhos de bate-bate, fascinado com as colisões, com os gritos e as fagulhas elétricas nos trilhos lá em cima. Tão ocupado que me deixo levar por essa multidão compacta, desordenada, alegre, que não presta atenção em uma criança pequena. A multidão me afasta da minha mãe. Quando enfim me dou conta disso, já é tarde demais, ela não está mais no meu campo de visão. Então, de repente, lembro-me de quanto ela estava exausta, de como me disse: "Você me cansa". Lembro-me das palavras "você me cansa". Em uma fração de segundo, deduzo que ela decidiu me deixar ali porque não me aguentava mais, porque eu estava muito agitado, me convenço de que ela foi embora e de que não a verei novamente, acabou, serei para sempre uma criança sozinha. No mesmo instante, começo a chorar, ou a gritar, é um lamento de partir o coração. Deixo a maçã do amor cair no chão. Corro para onde acho que a vi da última vez, mas ela não está lá, então corro em todas as direções, esbarro nas pernas dos adultos. Devo ter percorrido apenas alguns metros, mas a lembrança que guardo é de uma corrida interminável, anárquica, desgastante, de uma provação que me afundou em choque, medo e tristeza sem fim. Por fim, minha mãe me encontrou, segurou os meus braços e me deu um sermão. Ela também estava apavorada, entrou em pânico ao perceber que não me via mais, procurou por mim em todos os lugares, gritou meu nome e eu não a ouvi, porque havia o locutor com o microfone, a música muito alta, as risadas das pessoas. Ela grita comigo, diz que, sem sombra de dúvida, sou impossível, que não devo me afastar nem soltar a mão dela. Ela me segura com ainda mais força, machuca meu braço. Está demonstrando seu medo, mas nessa idade não percebo, só sinto sua raiva, uma raiva que me deixa atordoado. Havia poucos momentos me imaginava órfão e, quando encontro minha mãe, só ouço suas recriminações. Não vou mais gostar de parques de diversão. E, na minha mente, ficará guardado para sempre o terror do abandono.

Quando Thomas desaparece além do ginásio, volto a ter sete anos.

...

Os dias seguintes foram um verdadeiro pesadelo.

Não acredito que meu amante virá me procurar, pois exigiu silêncio, ergueu uma muralha de chumbo.

Os outros alunos não deixariam de notar a estranheza se, porventura, ele me cumprimentasse, se acenasse para mim de modo casual, mesmo que de longe. Porque, como disse, pertencemos a dois círculos distintos, sem uma intersecção possível: uma associação, mesmo que furtiva, mesmo que acidental, simplesmente não é viável. Entendo muito bem que correr qualquer risco está fora de cogitação.

Compreendo bem e, no entanto, não posso deixar de esperar um sinal que só seria detectável por nós, um contato passageiro que pareceria fruto do acaso, uma piscadela que ninguém seria capaz de notar, um breve sorriso. Sonho com um breve sorriso.

Mas nada. Nada mesmo.

Uma invisibilidade, na maioria das vezes. Como se ele chegasse à escola na última hora, como se saísse assim que ouvia o sinal, como se praticamente nunca saísse da sala de aula.

E nos raros segundos em que estamos ao mesmo tempo no pátio, nos corredores, a indiferença é total. Pior que frieza. Um espectador atento até perceberia a hostilidade, o desejo de manter-se a distância.

Essa impermeabilidade acaba comigo. Confirma todas as hipóteses.

Digo para mim mesmo: *E se ele se arrependeu? E se, para ele, tudo foi apenas um momento de loucura, um erro trágico, um erro grotesco?* Ele se comporta como se nada tivesse acontecido, ou como se tudo devesse ser esquecido, enterrado. É ainda mais intenso que o esquecimento: parece negação. De repente, só vejo isto: a rejeição dele. Enfrento a negação de tudo o que nos aproximou um do outro; o apagamento completo da cena.

Para escapar dessa condenação que mais parece excomunhão, raciocino: *Talvez ele simplesmente esteja decepcionado, não correspondi às suas expectativas, ao seu desejo*. Apesar das evidências, insisto: *Isso pode ser consertado, uma decepção pode ser compensada*. Já espero poder implorar por uma segunda chance. Estou aguardando a possibilidade de uma redenção.

Mas, obviamente, me lembro da magreza, da miopia, da fraqueza física e da feiura do suéter *jacquard*, do meu ar de superioridade que afasta. Tantos defeitos, tantas derrotas. Volto a ser quem era antes, o menino que intriga, não o que agrada. Digo a mim mesmo que só o agradei pelo tempo de um abraço em um vestiário. Agradar foi só uma ilusão.

...

Descubro a dor da espera. Porque existe essa recusa em admitir a derrota, em acreditar que não há futuro, que não vai acontecer de novo. Convenço-me de que ele fará um gesto em minha direção, que não pode ser de outra forma, que a lembrança de nossos corpos emaranhados vai superar a resistência dele. Digo a mim mesmo que não é só uma história a respeito de corpos, mas também de necessidade. Não se pode lutar contra a necessidade. Se lutamos, ela acaba nos vencendo.

Descubro a dor da falta. A falta de sua pele, de seu sexo, do que tive e me foi tirado, do que precisa ser devolvido ou, do contrário, vou enlouquecer.

...

Mais tarde escreverei acerca da falta. Da privação insuportável do outro. Da miséria causada por essa privação; uma pobreza que domina. Escreverei acerca da tristeza que corrói, da loucura que ameaça. Esse vai ser o padrão dos meus livros, quase a despeito de mim mesmo. Às vezes me pergunto se houve um tempo em que escrevi a respeito de alguma outra coisa. É como se eu nunca tivesse superado: *O outro se tornou inacessível.* Como se isso ocupasse todo o meu espaço mental.

A morte de muitos dos meus amigos, ainda jovens, agravará esse sofrimento, essa dor. O desaparecimento prematuro de tantos me fará mergulhar nas profundezas da tristeza e da perplexidade. Terei que aprender a sobreviver a eles. E escrever pode ser uma boa maneira de sobreviver. E de não esquecer os que se foram. Continuar o diálogo com eles. Mas é provável que a falta tenha origem naquele primeiro abandono, em uma estúpida aflição de amor.

...

Descubro que a ausência tem uma consistência. Talvez como a das águas escuras de um rio, talvez como a do petróleo. De qualquer maneira, trata-se de um líquido pegajoso e sujo no qual poderíamos nos debater, nos afogar. Ou de uma densidade, a da noite, um espaço indefinido no qual não temos pontos de referência, no qual não esbarramos em nada, no qual procuramos uma luz, simplesmente um brilho, algo a que nos agarrarmos, algo para nos guiar. Mas a ausência é, antes de tudo, obviamente, o silêncio, esse silêncio envolvente que curva os ombros, que faz com que nos sobressaltemos ao menor ruído inesperado, não identificável, um som imprevisto que vem de fora.

...

Para não me afundar por completo, o que fiz foi isto: apeguei-me à lembrança do corpo dele, do pênis branco e venoso, das pintas que são respingos de beleza. A recordação deslumbrante me salva da ruína.

...

Thomas só volta a se aproximar de mim novamente nove dias depois.

Nove dias. Eu contei. O número me acompanhou.

Nós nos encontramos em um corredor escurecido pela chuva de inverno, o tipo de chuva que convida a noite em plena luz do dia. Ou, para ser mais preciso, estou saindo da biblioteca, fui retirar outro livro, não me lembro do título, talvez fosse *Para o lado de Swann*, que tentei, sem sucesso, ler nesse período de minha vida. De qualquer modo, provavelmente não era um romance contemporâneo, porque esses eram raros. O Conselho Nacional de Educação devia pensar que uma boa maneira de nos proteger do presente era nos trancar no passado, nos obrigar a conhecer os clássicos, nos manter naquele estado de macaquice acadêmica. Então, saio da biblioteca levando o livro, ainda totalmente atento a esse empréstimo, e Thomas caminha em minha direção, o que me encanta, me petrifica. Vejo que ele enfia a mão no bolso de trás da calça jeans e tira alguma coisa dali: um pedaço de papel que me entrega apressado, esperando não ser visto. Ele segue seu caminho, e digo a mim mesmo que Thomas planejou esse movimento, que esperava me encontrar em circunstâncias favoráveis para agir.

Fico surpreso com esse excesso de precaução. Em outro contexto, poderia achar ridículo, mas entendo o medo e o pânico que o dominam, e acho que esse medo é tão forte que não pode ser apenas o de ser descoberto. É também um medo de si mesmo, *um medo do que ele é*.

...

Espero o movimento diminuir e o corredor esvaziar, mesmo que isso signifique chegar atrasado à aula a que me dirijo, e desdobro o papel. Nele só tem um lugar e uma hora anotados (nada mais, nem meu nome, nem sua assinatura, nem uma gentileza, nem uma esperança. Assim ele mantém as coisas restritas ao essencial, não há nenhum sentimento, o pedaço de papel nunca será usado como prova incriminatória). Temos um novo encontro.

...

Ele escolheu um galpão, aquele ao lado do campo de futebol, onde guardamos bolas, uniformes e equipamentos variados. O campo está vazio e, de qualquer maneira, a chuva é tão forte que seria impossível praticar qualquer esporte ali naquele momento. Corro sob o dilúvio, e a lama gruda na barra da calça. Quando chego perto do galpão, percebo que a porta está entreaberta. Thomas me espera lá dentro. Suas roupas estão encharcadas, gotas pingam de seu cabelo, escorrem pelas bochechas. Ele acabou de chegar. Pergunto como fez isso, como conseguiu abrir aquela porta sem ter a chave, já que, em geral, esses anexos ficam trancados para proteger contra possíveis roubos o material neles guardado, e ele me diz que, para ele, nenhuma fechadura é obstáculo que faz isso desde muito pequeno, abre qualquer porta, que toda essa habilidade diverte o pai, os primos, que eles até pedem com regularidade para que faça esse truque de prestidigitação ao final dos almoços de domingo, que ele é um pouco mágico.

Percebo, que esta é nossa primeira conversa.

Até então, ele tinha sido o único a falar. No café, com os bêbados e os clientes, eu não disse uma palavra. Depois, no ginásio, só houve sexo. Agora estamos aqui, falando de como abrir portas trancadas, um dom que ele descobriu que tinha, que aperfeiçoou e que lhe rende elogios, incentivo. Sorrio quando ele conta a história. Também é meu primeiro sorriso para ele, que sorri de volta. Sinto que isso cria uma intimidade tão forte, tão magnética, quanto a de pele com pele.

Seu cabelo continua pingando água, grudado na testa. Ele tem uma beleza estonteante. Thomas se acomoda em um colchão. Eu o imito.

...

Não pergunto: por que esperou tanto para aparecer? Você hesitou? Decidiu não me ver mais, depois mudou de ideia? Intuitivamente, sei que não devo fazer perguntas ou pedir explicações. Saber disso me deixa arrasado.

Não digo: senti sua falta. Qualquer manifestação de sentimentalismo ou apego o deixaria horrorizado.

Estamos falando de fechaduras. E não vejo nenhuma metáfora aí. Simplesmente porque não existe nenhuma.

E então o silêncio chega. Nossa aparência muda; timidez e desejo de repente as dominam. Beijos acontecem; beijos carnívoros.

...

Satisfeito o desejo, realizado o prazer, derramado o esperma, saciados os corpos, penso que será como da outra vez, no ginásio: o silêncio, os olhares desviados, o constrangimento, a separação apressada. Mas ele decide o contrário. Diz que continua chovendo muito forte, que é melhor esperarmos, que não vai aparecer ninguém. Entendo que ele pretende falar sem amarras.

...

Diz que mora em Lagarde-sur-le-Né. Conheço o povoado, minha avó morreu lá. Digo “povoado”, mas não é isso. Na verdade, é uma área de terras agrícolas, basicamente, ligadas à cidade por uma estrada, e foi nessa exata estrada que minha avó foi atropelada. Aconteceu ao anoitecer, naquela hora que chamamos de "lusco-fusco". Ela atravessava a pista atrás do meu avô, não sei mais o que os dois faziam ali, alguém deve ter me contado, mas esqueci, talvez fossem encontrar amigos que moravam por lá. Os dois tinham estacionado o carro no acostamento e tiveram que atravessar. Ele foi na frente, como sempre fazia, e ela não ouviu uma van se aproximar. O impacto não foi violento, mas foi forte a ponto de ela não resistir aos ferimentos. Meu avô não viu o acidente, estava de costas. Ele ouviu a freada, a colisão e, quando se virou, o corpo estava caído na estrada, a cabeça no asfalto. Pelo jeito, esse trauma da cabeça no chão foi fatal. Minha avó não tinha nem sessenta anos. Eu era muito novo quando ela morreu, não tenho lembranças, só uma imagem muito vaga de uma mulher de cabelos grisalhos parada diante de uma janela de peitoril largo, mas é possível que essa imagem tenha sido inventada, talvez nunca tenha existido. Conheço a história porque me contaram várias vezes, porque todos lamentaram essa desatenção, esse azar de morrer em uma estrada por onde ninguém passa. Atribuímos a culpa à penumbra. Um minuto antes ou depois, e nada daquilo teria acontecido. Eu me lembro dessa expressão: "Um minuto antes ou depois".

Anos mais tarde, sem saber dessa história, Patrice Chéreau me disse que as pessoas que morrem atropeladas fazem isso de propósito, às vezes se jogam sob as rodas dos carros. Isso é particularmente verdadeiro quando os acidentes parecem incompreensíveis, quando todos acreditam que poderiam ter sido evitados. Ele até fez um personagem dizer uma frase semelhante no último filme que dirigiu, *Perseguição*. Ele disse: "É conveniente que todos acreditem em acidente, é menos constrangedor que um suicídio".

Eu me pergunto se minha avó poderia ter cometido suicídio. Não sei. No fundo, acho que preferiria que ela tivesse se matado, teria sido o único ato de mulher livre em toda sua existência, o único comportamento iconoclasta de alguém que passou a vida inteira tendo filhos (sete em cerca de vinte anos), os criando e se mantendo à sombra de um marido inconstante e festivo.

...

Então, Thomas Andrieu mora nesse povoado, sinônimo de morte.

Ele mora em uma fazenda. Os pais são agricultores, donos de uma pequena terra, pessoas modestas que vendem o produto de suas vinhas para destilarias de conhaque. Ele se corrige: "Na verdade, é só uma fileira de vinhas cercada por muros baixos".

Queria interromper para dizer que sei do que está falando. Quando eu era criança, na frente da escola também havia videiras do outro lado da estrada principal, nas encostas. Grandes galhos retorcidos que pareciam criaturas fabulosas. Quando tinha sete ou oito anos, pedi para participar da colheita. Como sou filho do diretor, disseram que eu não deveria me meter naquilo, mas insisti e as pessoas cederam, como cedem a um capricho infantil. Fui mandado à propriedade dos vizinhos que produziam conhaque. Olha lá o menino bem-vestido "colhendo uvas", levantando as folhas, desprendendo os cachos, jogando-os, com muita cautela, em um balde. Esse menino não tem consciência de que lhe estão fazendo um favor, de que só é tolerado ali, mesmo que seja um trabalho duro de verdade, um trabalho árduo, muito árduo, que exige habilidade, agilidade, resistência. Os espanhóis à minha volta foram trazidos durante duas ou três semanas, o tempo que dura a colheita, uma mão de obra barata e dócil que vem de Bilbau ou Sevilha. Gosto dos espanhóis, eles são felizes e têm a pele castigada pelo tempo, mas não entendo nada do que falam. À noite, reúnem-se em um acampamento de trailers que estacionaram nos campos. São explorados, sem dúvida, mas não reclamam. Com o fruto do trabalho deles é produzido um conhaque famoso, uma bebida muito cara exportada para o mundo todo, consumida no Japão e na China, fonte de um lucro que nunca verão. Quando o dia acaba, sou a criança risonha que é colocada na cuba, de pés descalços e pernas nuas, para esmagar as uvas, estourar as frutas. É fim de temporada, todos estão reunidos em torno de uma mesa comprida, todos juntos. Falam alto, bebem, riem e tocam violão, antes de nos separarmos até o outono seguinte, ou para sempre. Para mim, a separação é dolorosa. Mais tarde, sento-me na destilaria em frente aos alambiques e canos de cobre, esperando o vapor sair. O nome disso é "porção dos anjos". Eu sou a criança que espera a porção dos anjos. Meu pai acha engraçado que o filho participe nesse ritual, mas já disse e repetiu que não quer isso para mim, nem a terra, nem o campo, nem o trabalho braçal. Não serei parte da classe trabalhadora, de jeito nenhum. Por isso fico em silêncio quando Thomas fala das vinhas.

...

Ele diz que também criam vacas. Que eles têm alguns animais.

Desta vez, conto que sei ordenhar vacas. No lugar onde cresci existe um estábulo no qual, noite sim, noite não, íamos comprar leite fresco (morno, pois tinha acabado de sair das tetas do animal). Fico fascinado com o espetáculo da mulher do fazendeiro apertando o úbere para extrair o leite. Rapidamente, peço para imitá-la, peço que me mostre como se faz. Ela me ensina os gestos. Sou talentoso nisso. Para mim, aquilo é como uma brincadeira. Sou bom quando se trata de brincar. E não tenho medo de vacas, não tenho medo de elas me chutarem, ou abanarem o rabo. Elas devem sentir que não tenho medo, pois relaxam. Quando conto essa história hoje, ninguém acredita em mim. Quando digo ao S. que tenho essa habilidade estranha, ele também não acredita em mim, está convencido de que aumento os fatos, de que estou inventando. Por mim, tudo bem. Essa é a desvantagem do hábito de inventar histórias.

Nesse momento, Thomas também começa a rir. Ele não consegue me imaginar sentado em um banquinho, apertando entre os dedos as tetas de uma vaca. Fico aborrecido com isso. Ele diz que não sou esse tipo de menino, que é impossível, que sou o garoto dos livros, de outro lugar.

...

Isso é importante: ele me vê de uma certa maneira e não vai se desviar disso. No fim das contas, o amor só foi possível de acontecer porque ele me via não como quem eu era, mas como a pessoa que eu me tornaria.

...

A chuva continua caindo sobre o telhado do galpão. Estamos sozinhos no mundo. Nunca gostei tanto da chuva.

...

Ele diz que ama a fazenda, a terra. Mas que aspira outra coisa. Respondo que ele fará outra coisa, pois está estudando para isso, e depois que terminar o colégio poderá tentar medicina, farmácia ou o que quiser. Ele responde que não sabe se isso será possível, pois é o único homem da família, tem duas irmãs e, se ele não assumir a responsabilidade, a fazenda vai morrer. Fico ofendido, digo que já não vivemos mais na década de 1950, que os filhos não necessariamente têm de substituir os pais, que a vida de camponês não é mais hereditária e a agricultura está condenada a morrer de qualquer maneira, é um beco sem saída, e ele precisa pensar no futuro. Sua expressão fica mais pesada. Ele diz que não gosta quando falo desse jeito.

...

A chuva diminui. Ele se levanta e olha para fora por uma fresta, para o gramado lamacento, quase cinzento, para os limites incertos, os postes enferrujados, as redes soltas carregadas pelas rápidas rajadas de vento, para a paisagem deserta: aquela desolação. Ele veste a calça jeans. Ainda está sem camisa, apesar do frio. Também me levanto, colo o corpo às suas costas, envolvo sua pélvis com os braços, e ele fica tenso ao sentir o contato, detesta essa ternura. Explico: "É só para você não sentir tanto frio".

Ele se liberta lentamente do meu abraço, pega a camiseta e o suéter e termina de se vestir.

Obviamente, ainda está zangado com o que eu disse: mate o pai, deixe a terra. Parece pensar que eu não sei nada do assunto. Também pensa que não entendo a violência dessa atitude. Está irritado com minha casualidade.

Diz que, para mim, as coisas são simples, que tudo vai ficar bem, que vou sair disso, está escrito, não preciso me preocupar, que fui feito para este mundo, ele vai me receber de braços abertos. Já para ele é como se houvesse uma barreira, um muro intransponível, como se o proibido fosse predominante.

Sempre que ele toca nessa questão do proibido, eu tento mostrar que está errado. Mas é inútil.

...

A chuva parou. E de repente nos sentimos menos protegidos, menos isolados dos outros, temos a impressão de que alguém pode nos ver. Percebo sua angústia, o tremor da perna, a agitação no rosto. Temos que sair agora, deixar este lugar torna-se imperativo. Antes de irmos embora, atrevo-me a perguntar: “Vamos nos ver novamente em breve?”.

Ele não hesita.

Diz: “Sim, obviamente”.

Ouço o “obviamente”, o que significa que uma história está começando, que não vamos voltar ao que era antes, que não vai acabar. Eu poderia chorar. Sentimental demais, eu sei.

Digo: “Então, se você quiser, da próxima vez pode ser na minha casa”. Ele não consegue esconder a surpresa, até uma certa repugnância. Formulo várias hipóteses (ele prefere lugares improváveis, complicados, e um quarto é previsível, esperado, burguês; ele prefere territórios neutros, aqueles nos quais somos iguais, jogar na casa do adversário é sair em desvantagem; ele não sabe se quer conhecer esse lugar mais íntimo, isso seria levar nosso envolvimento um passo adiante).

Penso que a única objeção aceitável à minha proposta deve ser materialista, concreta, quase trivial. E digo: “Meus pais trabalham, eles nunca estão em casa, ninguém vai nos incomodar". Minha aposta é que ele tem medo de ser desmascarado. Ele responde que tudo bem, será na minha casa.

Combinamos um dia. Um horário.

Ele diz para eu sair primeiro do galpão, vai esperar alguns minutos para trancar a porta, e fica um pouco afastado, como se quisesse evitar um beijo, uma demonstração qualquer de afeto, principalmente ternura.

Durante todo o tempo do nosso relacionamento, ele fará de tudo para evitar a ternura.

...

Agora que penso nisso, ele nunca vai me convidar para ir à casa dele. Nunca verei a casa da fazenda, as vinhas que a cercam, os animais no pasto. Não verei o interior de azulejos frios, as paredes rebocadas, os quartos escuros de teto baixo, os móveis pesados. (Isso tudo é inventado, sabe? Inventei justamente porque nunca vi nada.) Não vou conhecer os pais, nem mesmo de longe. Nunca vai haver uma troca de olhares ou um aperto de mãos, não mesmo. E imagino que, de qualquer forma, ele nunca falou com eles a meu respeito, nem mesmo sem querer (ele não é do tipo que comete deslizes). No entanto, *gostaria de ver como eles eram*. Não o teria traído, é claro. Teria interpretado o bom colega de escola. Sou capaz de interpretar todos os papéis. Um dia, irei por conta própria e sozinho a Lagarde, o povoado onde ele mora, um dia em que sei que ele não estará presente, e andarei por lá tentando adivinhar qual casa é a dele, qual família. Até me sentirei tentado a perguntar a um velho sentado em um banco em frente à igreja, mas vou desistir, subitamente constrangido com minha falta de cuidado. E vou embora.

...

No dia marcado, pouco antes de Thomas tocar a campainha, fico muito nervoso. Fiz a barba duas vezes, embora naquela época eu quase nem tivesse pelos. Eu me cortei, fiquei com um ferimento na parte inferior da bochecha esquerda. Passei pedra-ume, mas não adiantou nada, tenho certeza de que estou desfigurado. Também passo loção pós-barba, coisa que não costumo fazer, e fico empesteado. É o perfume do meu pai, um misto de aromas animais, não vegetais, com predomínio do almíscar, um cheiro inebriante. Visto roupas escuras, digo a mim mesmo que é disso que ele gosta. Troco de roupa antes de voltar à escolha inicial. Ah, e conto as horas também, os minutos antes de ele aparecer, e fico olhando pela janela, de trás das cortinas, para ninguém me notar. Arrependo-me de não fumar, um cigarro teria feito bem a mim, as pessoas dizem que acalma a impaciência.

Quando chega, ele não percebe nada da minha agitação, nem o esforço que fiz, só se interessa pela casa, por onde anda como se estivesse em um campo minado. Não comenta sobre o tamanho, a iluminação ou a decoração, diz apenas que há muitos livros, que nunca tinha visto tantos livros, e logo pede para ir para o quarto, não quer demorar. É preciso subir dois lances de escada.

...

O quarto é bem grande, e uma divisória separa a área de dormir do escritório. É um sótão, as janelas são pequenas. O carpete cor de creme tem manchas, imagino que se trate de resíduos deixados por sapatos sujos de lama. As paredes são enfeitadas de pôsteres de Jean-Jacques Goldman. Ele me estuda com a testa franzida, como se quisesse tirar sarro de mim. Diz que Goldman é música para meninas. Irritado, respondo que ele está errado, que deveria ouvir as letras com atenção, e menciono uma música em particular, "Veiller tard", na qual ele fala *daquelas palavras sufocadas que não temos como dizer, os olhares insistentes que não entendemos, os chamados óbvios e os vislumbres tardios, essas fisgadas de arrependimentos que aparecem à noite*. Ele diz que a letra não tem importância, que só importa a música e a energia que transmite. Ele ouve Téléphone. Não aponto que as mensagens de

Téléphone têm sua importância, porque ele pensaria que estou querendo dar lições. E para ele, nesse momento, sou só uma mulherzinha irrecuperável.

...

Se eu soubesse naquela época, teria dito que Duras adorava "Capri, c'est fini". E ela ainda escreveu em *Yann Andréa Steiner*: *Sim. Um dia vai acontecer, um dia você vai sentir uma falta terrível do que descreve como "insuportável", ou seja, daquilo que você e eu experimentamos naquele verão de chuva e vento em 1980. Às vezes, é perto do mar. Quando a praia se esvazia, ao anoitecer. Depois que os grupos de crianças vão embora. De repente, por toda a extensão de areia, grita-se que Capri acabou. Aquela que foi a* A CIDADE DO NOSSO PRIMEIRO AMOR, *agora acabou. É o fim. Como é terrível de repente. Terrível. Cada vez que acontece você quer chorar, fugir, morrer, porque Capri girou com a Terra, girou para o esquecimento do amor.*

...

Eu também poderia ter conversado com ele sobre o que François Truffaut fez por meio da personagem interpretada por Fanny Ardant em *A mulher do lado*, afinal, eu tinha acabado de ver o filme: *Só ouço as músicas porque elas falam a verdade. Quanto mais estúpidas, mais verdadeiras são. E, na verdade, elas não são estúpidas. O que dizem? Dizem: "Não me deixe... Sua ausência destruiu minha vida...", ou "Sou uma casa vazia sem você... Deixe-me ser a sombra da sua sombra..." ou "Sem amor, não somos nada...".*

Ao que Depardieu responde: *Bem, Mathilde, agora tenho que ir embora.*

...

É a mesma vontade de seguir em frente, o mesmo desdém cansado que sinto em Thomas quando comenta meus gostos musicais. Ele volta aos livros, uma coleção de volumes enfileirados ou empilhados. De repente, mais uma vez demonstra uma espécie de admiração. Mas é uma admiração dolorosa. O que o agrada em mim é também o que me mantém longe dele.

...

Ele diz que quer me chupar, que não pode esperar, e qualquer um diria que essa necessidade acabou de surgir, que não estava ali antes, que não foi crescendo ao longo dos dias longe de mim. Não, ela explode, manifesta-se onde um segundo antes não existia. Ele me joga na cama, desabotoa minha calça jeans, abaixa minha cueca. Se pudesse, a teria rasgado. É como uma cena de um pornô hétero, a garota que tem a calcinha branca arrancada. Então eu me deixo crescer em sua boca. A princípio não me atrevo a olhar enquanto ele me chupa, digo a mim mesmo que ele não vai suportar ser observado enquanto faz isso, ainda estou convencido de que tudo deve ser feito de acordo com suas vontades, e também de acordo com suas inibições. Mas enfim, aos poucos, levanto a cabeça, me apoio nos cotovelos e o contemplo, impressionado com sua voracidade. Parece uma criança faminta que começa a ser alimentada e prefere devorar a comida até se engasgar. Não sei de que profundezas vem essa necessidade do sexo de outro homem, mas sinto que, do outro lado de toda repressão, da autocensura, existe um fervor igualmente intenso.

...

Durante algumas semanas, ficarei pensando se ele não me escolheu só porque eu estava disponível, por eu ser o veículo ideal para satisfazer seus desejos reprimidos e por ele não ter visto mais ninguém como eu. Vou repetir: no fundo, para ele, sou só o garoto com quem se deita, nada mais, apenas um corpo, reduzido a um sexo, a uma função.

...

Sobre sexo descomplicado, vou falar antes que me esqueça: muitos anos depois, vou conviver com atores pornô e até morar com um deles na Califórnia, a Meca dessa indústria. Vou visitar com regularidade os sets de filmagem, ver os artistas se aquecendo, encenando atração, se agarrando, mantendo o ritmo, congelando para uma foto e voltando a gemer como se nada tivesse acontecido, vou conviver de perto com esses meninos que fazem sexo por algumas centenas de dólares. Descobrirei que alguns fazem isso só pelo sustento e, para eles, esse é um trabalho como qualquer outro, contentam-se com o que a natureza lhes deu. Outros são máquinas de guerra, passam horas todos os dias em academias com o único objetivo de construir um corpo perfeito, ou para ser mais preciso, um corpo que corresponda aos padrões do mercado. Eles injetam esteroides, e os ombros têm tantas cicatrizes que eles fazem sessões de bronzeamento artificial. É uma competição no set. Por fim, outros sentem prazer em ter múltiplos parceiros, brincar diante das câmeras, chegam até a se encantar com o parceiro do dia, o que talvez dê mais veracidade à cena. Todos amam o próprio corpo. Todos afirmam que, para eles, sexo é uma necessidade vital, uma droga. Quase todos são meninos que despertam piedade.

...

Thomas tira a roupa, espalha as peças pelo quarto, quer ficar nu também e sentir o contato na pele (ele não tem problema com a nudez, está me ensinando a ter menos medo da minha). Ele me acaricia com mãos experientes, sabe o que precisa fazer. Morde meus quadris, meu peito. E geme. Ouço esse gemido que ele não conseguiu conter, que deixou escapar talvez sem perceber: isso me comove muito. Acho que já escrevi: nada me emociona mais do que esses momentos de abandono, de esquecimento de si mesmo.

Ele se deita de bruços para que eu possa penetrá-lo, arqueando um pouco as costas. Vejo a penugem descendo pelas costas até o começo das nádegas. Traço o desenho com a língua, ele geme de novo, treme, vejo o arrepio na pele de sua bunda. Eu a penetro. Diante de meus olhos tem um pôster do Goldman; ao meu redor, a decoração do quarto de um adolescente, uma adolescência que estou prestes a aniquilar.

...

Depois, ele começa a falar de novo. Era como se uma comporta se abrisse. A verdade é que ele não fala muito. As refeições com a família são silenciosas, as noites são curtas, porque o cansaço os obriga a irem cedo para a cama. No colégio, ele deixa os outros contarem suas histórias. Vi com nitidez como ele sempre fica um pouco afastado, fumando um cigarro.

São os outros que se expressam. Às vezes ele nem se esforça para dar a impressão de que os está ouvindo. Lembro que adorava isso nele, o ar de isolamento, o aparente confinamento. Comigo, ele se sente livre para falar. Mas talvez esteja falando consigo mesmo, como quem lança garrafas ao mar, ou como quem escreve um diário, ou como o barbeiro do Rei Midas. Porque é muita coisa para guardar.

...

Ele fala das *irmãs mais novas*. Nathalie e Sandrine. Dezesseis e onze anos, respectivamente.

Conta que Nathalie é um ano e meio mais nova, que fazia *sentido* a chegada de um segundo filho tão depressa, logo depois do primeiro, mas que ela não se parece em nada com ele. É parecida com o pai, tem seus olhos claros e também sua força.

Eu falo: "Então, você é parecido com sua mãe?". Ele diz que, sim, herdou a aparência mais escura dela. E acrescenta: "Algo do estrangeiro". Não entendo essa frase. E não peço nenhuma explicação. Imagino que elas virão.

Nathalie abandonou os estudos regulares para ir cursar secretariado em uma escola onde também se hospeda. Ela volta para casa na sexta-feira à noite, mas, durante o fim de semana, ajuda com o trabalho da fazenda. Sempre tem alguma coisa para fazer.

Ele diz que os dois não se dão muito bem, ela e ele, que não têm química. Ele a considera muito prática, muito ancorada na realidade, muito didática, sempre querendo ensinar coisas a todo mundo como se já fosse velha.

Por outro lado, ama Sandrine, a mais nova, que chegou bem depois; um acidente. Seu rosto se ilumina quando fala dela. Porém, a chegada da caçula ao mundo foi como uma catástrofe para os pais. Os médicos foram logo avisando: ela não é normal, nunca será. Não havia ultrassom à época, nada havia sido detectado. A anormalidade causou estupor. Sandrine ficou presa na infância para sempre. O pai não sabe o que fazer com ela. Nathalie nem sempre é simpática, rapidamente se irrita com a lentidão e falta de jeito da pequena. Quanto à mãe, ela não diz nada, mas carrega uma certa tristeza desde que a criança atrasada chegou.

Ele é o mais velho, o único menino, o que o faz pensar que tem uma responsabilidade particular.

...

Eu sou o caçula da família. Meu irmão está encerrando um ciclo avançado nos estudos, em breve concluirá uma tese e se tornará um honradíssimo doutor em matemática. Vai até receber os parabéns da banca, escolherá a área de pesquisa, publicará artigos em revistas internacionais inacessíveis aos leigos e fará conferências pelo mundo. Imagine o que significa crescer depois dele. A comparação regular é desfavorável para mim. Explico a Thomas que é por isso que o destino que ele prevê para mim não pode ser mais do que o segundo lugar, comparado ao que se espera do filho mais velho. Ele garante que estou errado.

...

Acrescento que quase tive um irmão mais novo: minha mãe engravidou sete anos depois de eu nascer, mas a gravidez não se completou, o aborto ocorreu muito tarde, quase no sexto mês de gestação, e a provação deixou minha mãe esgotada e desesperada, mesmo que nunca tenha pronunciado nem uma palavra sequer a respeito do assunto (não, nenhuma — um controle impressionante). Ele teria se chamado Jérôme ou Nicolas. Muitas vezes penso nesse irmão que nunca tive.

Thomas diz: "Você entende que pertencemos a mundos diferentes. *Mundos que não têm nada a ver um com o outro*".

...

Volto à mãe dele, é ela que me interessa. Imediatamente, ele me conta que a mãe é espanhola. Veio para a França havia vinte anos com os irmãos, que encontraram trabalho em uma fazenda. Não existe nenhum exílio nessa história por causa do regime de Franco na época, nenhum desejo de escapar do partido único, da censura, dos tribunais de exceção, do despotismo. Não, nada além de uma jovem que sabia que encontraria trabalho do outro lado da fronteira. Ela conheceu Paul Andrieu, vinte e cinco anos, uma paixão louca, os irmãos acabaram indo embora, ela ficou.

...

Eu pergunto: "Que lugar da Espanha?". Ele ignora a pergunta e garante que eu não conheceria. Como insisto, ele revela o nome mesmo assim. Vilalba. Digo: "Sim, é na Galícia, na província de Lugo". Ele fica surpreso: "Como você sabe?". Respondo: "Fica no caminho de Santiago de Compostela". Ele pergunta se eu já estive lá. Digo que não, nunca. Por que eu teria ido lá? Não sou do tipo que faz peregrinação. Mas li em um livro e me lembrei. Ele debocha de mim, diz: "Eu tinha certeza de que você era esse tipo de menino, que sabe das coisas por causa dos livros". E acrescenta, pesaroso: "Mas o pior é que, se perguntassem sobre isso a nós dois, tenho quase certeza de que suas respostas seriam melhores que as minhas".

...

Depois de me tornar romancista, escreverei sobre lugares em que nunca estive, lugares cujo nome simplesmente li em um mapa, de cuja sonoridade gostei, só isso. *Un instant d'abandon*, por exemplo, acontece em Falmouth, na Cornualha britânica, onde nunca botei os pés. No entanto, quem leu se convenceu de que eu conhecia o lugar como a palma de minha mão. Alguns chegaram mesmo a afirmar que a cidade era exatamente como a descrevi, que tamanha precisão era impressionante. Para estes, de maneira geral, explico que a *verossimilhança* é mais importante do que a verdade, que a percepção conta mais do que a exatidão e, acima de tudo, que um lugar não é uma topografia, mas a forma como o descrevemos. Não é uma fotografia, mas uma sensação, uma impressão. Quando Thomas me conta que a mãe é de Vilalba, visualizo logo de cara uma menina com cabelo de comprimento médio e olhos pretos, com um vestidinho de linho branco, sozinha em uma viela de paralelepípedos, oprimida pelo calor, como se estivesse abandonada. Depois imagino uma igreja no domingo de manhã, os fiéis indo à missa, e também uma torre com jeito de fortaleza ao pé da qual as crianças vão brincar de esconde-esconde, e a menina vai se juntar a elas. Vislumbro hotéis na periferia da cidade para os peregrinos de passagem, um mundo fossilizado, o tédio. Estou convencido de que a imagem é precisa. E, mesmo que não seja, espero que o leitor tenha *visto* a menina e, assim, que tenha *visto* a cidade.

...

Ele esteve lá várias vezes na infância e na adolescência, no verão, mas eram estadias muito curtas, porque era impossível ficar fora da fazenda por muito tempo. O aprendiz contratado para cuidar das tarefas nesse período não conseguia dar conta de tudo, os animais precisavam de atenção constante, as colheitas poderiam ser perdidas. Iam de carro, primeiro um Simca 1100 verde, depois um Peugeot 305 Break (como é que me lembro disso?), as três crianças acomodadas no banco de trás, as malas amarradas ao teto. Fazia um calor insuportável, e o pai prendia panos de prato nas janelas para amenizar o sol. Eles paravam a cada duas horas em áreas de descanso e estacionamentos para comer sanduíches embrulhados em papel-alumínio, preparados naquela manhã antes de saírem de casa, ou para esticar as pernas, fazer xixi, abastecer o carro. Depois seguiam viagem. O rádio ficava ligado, mas não tinha nenhuma ou quase nenhuma recepção na maior parte do tempo; as músicas eram entrecortadas, inaudíveis, o fim das piadas era sempre perdido, as notícias não eram ouvidas. O caminho parecia não ter fim.

...

A família inteira da mãe dele ainda mora em Vilalba. Os irmãos dela se casaram, têm filhos, ele tem primos, e todos esses primos moram em um raio de um quilômetro, não mais que isso. As reuniões são alegres; as despedidas, tristes. Todos lamentam terem tido tão pouco tempo. Ele diz que não conhece Vilalba muito bem, porque, na verdade, ficam em casa envolvidos em conversas intermináveis, pontuadas por risos e lamentações, em almoços e jantares que se arrastam. Diz que a Espanha, para ele, é só a gente de sua família, pessoas que comem e bebem e se interrompem durante a conversa até o cair da noite.

...

Eu digo: "Foi por isso que você comentou que tinha *alguma coisa do estrangeiro*?". Ele diz: "Sim, olhos escuros, pele marrom. E essa sensação de não estar exatamente no meu lugar aqui, de ser uma pessoa meio desenraizada, como se herdasse essa falta de raízes".

...

Não pergunto a ele se também tem a fragilidade da mãe. Porém, a dúvida está em minha cabeça desde que ele mencionou que a irmã tinha a força do pai. Ele se negaria a responder a essa pergunta, porque é muito íntima e o forçaria à introspecção ou à confissão. Estou convencido, por outro lado, de que é dela que vem a graça, a delicadeza de sua estrutura, e também a indiferença.

...

Ele diz: "O que não herdei dela é a fé". Sua mãe é muito religiosa, católica praticante, vai à igreja toda semana e várias vezes, inclusive. Em especial depois do nascimento da caçula. Ela pede uma explicação a Deus. Por que Ele lhe mandou essa provação, ou como poderia encontrar coragem para suportar, ser uma boa mãe, apesar de tudo? Ela usa uma medalha da Santíssima Virgem no pescoço, obviamente tem um rosário que desfia entre os dedos e, no quarto do casal, tem uma cruz presa à parede sobre a cama. Ela até pôs um quadro da imagem de Jesus, filho de Nosso Senhor, em uma das paredes da sala de jantar, ao lado do aparador. Thomas diz que cresceu com tudo isso. Pergunto: "Tudo isso? Essa escravidão, você quer dizer?". Ele me proíbe de usar essa palavra. Não é crente, mas respeita a fé da mãe. Ele acrescenta que finge acreditar para não a magoar. É assim. Ela precisa ter certeza de que o filho está seguindo o caminho certo.

...

Há muito me pergunto se essa presença incômoda da religião, a determinação do Mal como princípio divino mantida dia após dia, a mensagem bíblica a respeito de distinção interiorizada pela mãe, a exaltação de relações estáveis como as que eram praticadas nessa família imaculada tinha exercido influência sobre a criança proibida de se rebelar. Acredito que sim.

...

Ele esclarece que seguiu o catecismo, fez a sagrada comunhão. Isso fazia parte da ordem das coisas.

Eu o surpreendo ao dizer que temos algo em comum.

Tenho seis anos. Na quarta-feira à tarde, todos os meus amigos da mesma idade vão ao catecismo. E todos garantem que "se divertem". Meu irmão e eu somos proibidos de entrar em uma igreja e, mais ainda, de seguir os ensinamentos de um padre! Cometi, portanto, uma transgressão formidável no dia em que, escondido de meu pai, juntei-me ao grupo já formado. Nesse *remake* regional de *Don Camillo e Peppone*, o padre se surpreende com minha presença, quase suspeitando de uma farsa, e garanto que tenho autorização dos meus pais para estar presente. Já sou capaz de mentir com uma confiança impressionante. Ao fim da aula, o padre me leva de volta à escola: meu pai está desesperado, procura por mim em toda parte, preocupado. Porém, não é alívio o que sente quando me vê segurando a mão do homem de Deus, ou é um alívio muito breve, porque posso ver com clareza a fúria que sente em seus olhos. O padre, por sua vez, exibe um modesto ar de triunfo. Revelo que adorei esse momento na igreja, perto do padre, e que desejo continuar a experiência. Meu pai me choca com sua resposta magnânima: "Tudo bem". Durante quatro anos, fui ao catecismo todas as quartas-feiras, à missa todos os domingos de manhã, e o entusiasmo do início logo desapareceu para dar lugar ao tédio de uma obrigação. Meu pai, cuja magnanimidade era, na verdade, apenas uma forma de perversidade, me obrigará a ir até o fim, a não perder nenhuma reunião. Aos dez anos, quando enfim chega o momento da comunhão solene, odeio Deus, a Igreja e os sacerdotes. Boa jogada, pai.

Digo a Thomas, com tom bem-humorado: "Viu? Não somos tão diferentes".

...

Essa lembrança também me remete à figura paterna. Percebo que Thomas não fala muito do pai. Certamente mencionou sua robustez, sua aparência, a dificuldade com a filha incapacitada. Eu o imagino como um homem bonito, sério e de poucas palavras. E acho que se dedica principalmente ao trabalho, a manter a fazenda ativa, produzindo. Mas não sei nada da relação entre ele e o filho. Thomas diz: "É difícil saber o que ele pensa". Um jeito elegante de sugerir que o pai não é dos mais carinhosos e reconfortantes, não costuma ter gestos de ternura, que é reservado, e o que oferece é um misto de reserva e orgulho. Sei o que é ser filho de um homem assim. Eu me pergunto se a frieza dos pais causa a extrema sensibilidade dos filhos.

...

Thomas e eu estamos deitados na cama. Minha cabeça repousa em seu peito. Não sei como acabamos nesta posição. Presumo que tenha acontecido durante a conversa. Não muito longe de nós tem um espelho de corpo inteiro no qual costumo me olhar de manhã, ver como estou vestido e pentear o cabelo. Nessa posição, de repente me dou conta de que mudei. Envelheci, talvez. Não sou mais o garoto acanhado, assustado, que pode ser ofendido com facilidade, mas um garoto desperto e pensante. Sou outra pessoa agora, e isso é consequência do uso do corpo, de despertar desejo e compartilhar com o outro, é consequência de vencer a solidão. É claro que não posso revelar nada *por fora*, faz parte do contrato, mas acho que isso tudo é visível em mim, essa mudança, que basta um pouco de atenção para conseguir enxergar a transformação. É evidente.

...

Recentemente, ao olhar as coisas que ficaram na escrivaninha do meu quarto de menino, uma limpeza necessária quando minha mãe decidiu "reformar o quarto e se livrar de todas aquelas coisas velhas que não serviam para nada", encontrei duas fotos. Uma tinha a data do primeiro ano do colégio e a outra era do verão em que me formei. A comparação impressiona: não se trata do mesmo jovem. Na primeira foto ele está encolhido, os ombros caídos e um olhar nervoso. Na segunda, ele sorri e tem a pele bronzeada. É claro que as circunstâncias tiveram um papel nisso. Mas tenho certeza de que o amor secreto é o responsável pela metamorfose.

...

Thomas olha as horas no relógio de pulso. É um Casio com mostrador digital. Notei o relógio no nosso primeiro encontro, pois queria ter um igual. Ele se endireita imediatamente, afastando-me do peito que fiz de travesseiro. Diz que tem de ir, que já é tarde, que o pai está à espera, que tem coisas para fazer nas vinhas. Ele se veste depressa. Aviso que o ônibus só passa em meia hora, que ele pode ficar mais um pouco. Ele não vai pegar o ônibus, tem uma Suzuki 125, que estacionou um pouco mais adiante na rua. Não me lembro de tê-lo visto com o capacete, e ele diz que anda sem na maior parte do tempo, que nunca passa por policiais nas estradas rurais. Pergunto: "Vai me levar para dar uma volta um dia desses?". Espero os ombros tensos, um sorriso debochado, um lembrete da regra de sigilo. Em vez disso, ele pergunta: "Você quer ir?". E penso que sim, sem sombra de dúvida, alguma coisa está mudando.

...

Ele cumprirá sua promessa. Algumas semanas mais tarde, me levará para dar uma volta. Ele vai me buscar na saída da cidade, dessa vez com um capacete, não sei se por precaução, para cumprir a lei ou para não sermos reconhecidos. Sento-me na garupa e me seguro nele, e juntos percorremos as estradas do interior em alta velocidade, passando pelo meio do mato, por vinhedos, por campos de aveia. A moto cheira a gasolina, faz barulho, e às vezes sinto medo quando as rodas derrapam sobre o cascalho, ou em trechos esburacados, mas o importante é estar agarrado a ele, estar agarrado a ele em espaço *aberto*.

...

Nesse ínterim, ele vai embora, desce a escada correndo, mal se despede de mim antes de ir. Quando fecho a porta, o silêncio é tão pesado que ameaça dobrar meus joelhos. Os resquícios do cheiro dele me salvam, seu cheiro íntimo de cigarro e suor. O que resta dele.

...

Depois? Depois há outros encontros clandestinos, em grande parte no meu quarto. A praticidade venceu. Encontros mais constantes que exigem criatividade, organização, prudência. Às vezes parece que nos comportamos como conspiradores. Naquela época não havia celulares, então tenho que ligar para a casa dele e, quando sou atendido por uma voz desconhecida, às vezes desligo, muitas vezes me identifico com um nome falso, afinal Thomas tem o direito de ter um amigo chamado Vincent (um nome que usarei mais tarde nos romances). Ou então deixo um bilhete no armário dele (cada aluno tem um, designado no início do ano) com dia e hora, sem assinatura, sem nenhum sinal distintivo. Ele me responde usando a mesma via. Também acontece de marcarmos o encontro seguinte de um momento para o outro, quando saímos do quarto, mas isso é mais raro, como se houvesse algo vulgar nesse método, algo que reduziria nossa história à simples obsessão erótica.

Também matamos aula, fingimos estar doentes. Nesses dias, ele diz que isso vai levantar suspeitas e sempre fica nervoso.

...

Fazemos amor.

Deslizo para baixo as alças de sua camiseta regata. Tenho a impressão de que nenhum gesto é mais sensual, mais enlouquecedor.

Ele passa os dedos e a mão aberta em minhas costas, depois em minha barriga e nos quadris.

Thomas oferece o cigarro para eu dar uma tragada. Tusso de imediato. Lamentável.

Passo a língua em cada pintinha de seu corpo. São trinta e duas, eu contei.

Troco um curativo. Ele se machucou em um galho, um corte profundo.

Eu o vejo cochilar até seu rosto cair para o lado esquerdo, e ele acorda no mesmo instante.

Thomas põe os fones do Walkman sobre minhas orelhas, quer que eu escute Bruce Springsteen.

Um pouco bêbado, ele dança ouvindo o eco abafado da música. Acho que estou sonhando.

Passamos o restante do tempo nos beijando, nos chupando e trepando.

...

Um dia, sugiro irmos ao cinema. Já preparei os argumentos: raramente tem alguém no Club, ainda mais nas sessões do meio da tarde, e os poucos espectadores são bastante idosos, por isso não há risco de sermos reconhecidos. Acrescento uma proposta: ele entra primeiro e, se cinco minutos depois, quando os comerciais já tiverem começado, ele não tiver saído, significa que o caminho está livre e posso entrar também. Ele percebe que pensei em tudo. Digo que, com ele, sou obrigado a isso. Ele me pergunta se isso é uma crítica. Respondo que não, que não esqueci o que ele me explicou naquele primeiro dia, no café dos bêbados.

...

Eu havia descoberto o cinema quatro anos antes, quando saímos do povoado, do apartamento acima da escola, para virmos morar em Barbezieux: foi uma revelação. Mas é um cinema simples: poucos lugares, poucos recursos, poucas projeções. No entanto, para a criança que chega do povoado, uma criança que tinha de ir para a cama toda noite às oito e meia, sem nenhuma chance de conseguir cinco minutos a mais, apesar dos apelos, dos subterfúgios, das palhaçadas, para uma criança que nunca tinha visto um filme, aquele é um mundo novo. De imediato, gosto do escuro da sala, das poltronas macias, profundas, móveis e marrons (na época, marrom não era uma cor terrível), da tela gigantesca (na minha memória era; na verdade, é um pouco menor), do cheiro de pipoca (e de mofo também, como se houvesse uma umidade persistente). Gosto até da animação genérica de Jean Mineur, fico esperando aquele garoto sorridente que arremessa sua picareta contra um alvo e acerta em cheio, fazendo aparecer um número de telefone. O filme já pode começar. Aos doze e treze anos, não vou ver filmes para a minha idade, desenhos animados de Walt Disney, por exemplo. Creio que nunca os vi mais tarde, jamais corrigi essa deficiência, e também não via filmes de ação nem de ficção científica, nem mesmo *La Boum*, que os adolescentes sabiam de cor. Nada disso me interessa. Escolho filmes para adultos, os de François Truffaut, André Téchiné, Claude Sautet, e também filmes escandalosos, como *O homem ferido*, de Chéreau, ou *Possessão*, de Zulawski. Quando conto isso a Thomas, ele diz: "Não me surpreende".

...

Mesmo assim, pergunta: "Você viu mesmo *O homem ferido*?". Respondo que foi o maior choque que já tive, e não apenas cinematográfico, certamente. Pela primeira vez, vi a homossexualidade representada na tela, e de uma forma crua, direta e desinibida. Conto a Thomas sobre a sujeira e a urgência na estação de trem, a promiscuidade clara dos mictórios, a mistura de putas e vagabundos, a sensação muito clara de que tudo fede a merda e esperma. Conto sobre o tráfico de sentimentos, sobre a marginalidade, sobre corpos que se procuram, se aglomeram e se separam na violência. Sinto a repulsa dele. Thomas diz que não é *isso*. Não diz a frase inteira. Ele não fala: *homossexualidade* não é isso. Não consegue pronunciar a palavra. Na verdade, não a dirá nem uma vez. Ele diz: "É uma cena nojenta". Eu me lembro de que foi essa a expressão que ele usou, "cena nojenta", em vez de "imagem infeliz", por exemplo. Algumas pessoas fizeram essa mesma crítica a Chéreau. Digo a ele que está errado, que é, acima de tudo, uma história de amor, da paixão de um adolescente por um homem, que não se pode encontrar amor mais puro. Falo sobre a pureza do amor insano. Ele me diz que nunca assistirá ao filme.

...

Naquela época, eu não sabia que Hervé Guibert, o autor do roteiro, se tornaria uma referência de escrita para mim. Seis meses depois, descobri *Les Aventures singulières* e estas frases que vão acabar comigo: *Pensar que eu poderia te amar talvez seja uma loucura passageira, mas penso. Nada espero de ti além de te olhar, te ouvir falar, te ver sorrir, te beijar. Este desejo não é direcionado, não é mais que um desejo de reaproximação*. Descobrirei que os livros podem falar de mim, por mim. (E descobrirei, aliás, o incrível poder da escrita neutra, a mais próxima da realidade.) Seis anos depois, Guibert anunciará que está doente, tinha aids e morreria por isso. Pergunto-me, então, se *O homem ferido* era um filme premonitório ou se, pelo contrário, mostrava os últimos lampejos do amor livre sem constrangimentos, sem medo, sem moralidade. Pouco antes do massacre.

Também não sei que vou conhecer Patrice Chéreau e trabalhar com ele. Ele vai adaptar um dos meus romances. Uma história de fraternidade e agonia, de um corpo sofrido que se aproxima da morte. Vai ser como um círculo se completando vinte anos mais tarde.

...

Nesse inverno de 1984, que está chegando ao fim, o filme que estou ansioso para ver é *O selvagem da motocicleta*, de Coppola, anunciado como continuação de *Vidas sem rumo*, lançado alguns meses antes. Adorei essa história acerca da juventude, da falta de compromisso, da força dos laços formados na adolescência e da emancipação, e o elenco era formado por todos aqueles que integrariam o cinema dos anos 1980: Tom Cruise, Patrick Swayze, Matt Dillon e Rob Lowe. Amei esses *bad boys* de cabelo penteado com gel, irmãos mais novos daqueles de *Juventude transviada*. Mas, acima de tudo, apaixonei-me literalmente por C. Thomas Howell, que interpreta Ponyboy. Lembro-me com precisão espantosa da sensação física de amor à primeira vista, que conheci na ocasião. Seriam necessárias semanas para me livrar desse sentimento, para admitir sua completa futilidade. Além disso, depois percebo que Thomas se parece com ele (me pergunto se aquilo era meu inconsciente falando, mas logo afasto o pensamento). Quando conto a ele que *O selvagem da motocicleta* foi filmado em preto e branco, ele diz: "Não podemos ver uma coisa assim, não somos nossos pais".

Em vez disso, compraremos ingressos para *Scarface*, de Brian De Palma. No entanto, aviso que as críticas são péssimas: deploram a violência gratuita, a linguagem desnecessariamente grosseira, a estética chamativa. Mas Thomas está certo, é claro. O filme é uma obra-prima. Talvez, antes de mais nada, uma fábula feroz sobre o dinheiro que corrompe. Conforme rolam os créditos, ele diz: "A cena da motosserra é ótima, hein?". Olho para ele e brinco: "Quase te abracei naquele momento". Ele sorri de volta. Recebo esse sorriso como um presente. Não foram muitas as ocasiões em que Thomas sorriu para mim. Não era de seu feitio.

...

Ele também se lembra de uma frase. Pergunto qual. Ele diz: "*Tenho mãos feitas para o ouro e elas estão na merda*".

...

Pouco depois desse episódio, ele e eu nos encontraremos de novo, no mesmo lugar, rodeados de gente. Mas desta vez sem querer. E esse acaso fará toda a diferença.

Fui convidado para uma festa de aniversário. Hesitei antes de ir. Não gosto de celebrações nem de reuniões (quase não mudei em relação a isso). No fim de semana anterior, tinha feito um escândalo por causa de reuniões supostamente festivas.

Tinha sido em um casamento. A noiva era uma prima minha. Primeiro tivemos que ir à igreja, ouvir o discurso de um padre suado e posar para uma foto na escadaria, compartilhando o registro em papel brilhante da alegria sem fim dessa família abençoada. Depois fomos tomar uma bebida infame em uma sala polivalente mal aquecida. Os copos eram de plástico branco. Os amendoins foram comprados a granel. Tudo cheirava a mesquinhez; não a pobreza, mas a mediocridade, o que é inegavelmente muito mais imperdoável. Mais tarde, todos foram a um bar questionável em um lugarzinho remoto onde meu pai havia lecionado. Lembro-me dos meus tios com suas risadas altas, as conversas aos gritos, as testas suadas, as camisas manchadas de vinho, de todo esse bom humor obsceno, desse monte de carne avermelhada, de barriga saciada. Lembro-me de brincadeiras que hoje me fazem sentir vergonha, durante as quais uma mulher tinha que reconhecer o marido com os olhos vendados, apalpando as panturrilhas de cinco homens escolhidos ao acaso, ou empurrar uma maçã pelo chão usando uma banana pendurada entre suas pernas por um cordão amarrado na cintura. Lembro-me dessa vulgaridade absoluta, dessa humanidade gorda, e tudo isso me causa horror. Ao meu lado à mesa, um primo de apenas catorze anos contou a um amigo pré-púbere suas façanhas sexuais, que presumi serem imaginárias, e me provocou o tempo todo para revelar a exata natureza de minhas conquistas amorosas (na verdade, me senti tentado a dizer: eu chupo paus, quer saber mais alguma coisa?). Mais adiante, cantores vestidos como mecânicos ambulantes ou representantes comerciais, penteados com um exagero de brilhantina, berraram antigas canções românticas ou massacraram clássicos a ponto de torná-los quase irreconhecíveis. Por volta das onze horas, quarentões bêbados começaram a se mexer ao som de "Baile dos Passarinhos", enquanto viúvas de idade indeterminada olhavam para eles com sorrisos satisfeitos. Eu só tinha um desejo: fugir, e foi exatamente o que fiz. Fui procurar meu pai e, com um tom de voz que deve tê-lo impressionado muito (já que na segunda tentativa ele, sempre avesso a escândalos, me atendeu sem discutir, sem negociar) pedi para ir embora. No caminho para casa, prometi a mim mesmo que nunca mais me colocaria em situação semelhante.

Uma festa de aniversário entre adolescentes certamente não é um casamento, mas é fácil cair em uma espécie de trivialidade ou tédio, e a idade não tem muita importância nisso. Sei que escrever esse tipo de coisa provavelmente passa a impressão de que fui um menino arrogante e um pouco delicado demais (e, em parte, sem dúvida fui). Em retrospecto, acredito que era apenas o medo da multidão, de seus movimentos, do potencial para se transformar em turba. Foi esse pânico que me empurrou para a misantropia.

...

Essa noite em particular, acontecia uma reunião de alunos do ensino médio, e reconheço os rostos. Uma garota popular e simpática, com quem conversei diversas vezes por ser amiga de Nadine, está comemorando seu décimo oitavo aniversário (a *maioridade*, que significa que a pessoa passa a ser digna de consideração, essencial, importante. O marco a partir do qual somos oficialmente adultos, enquanto antes éramos insignificantes, não cidadãos; sempre me diverti com essas fronteiras artificiais). Nadine insistiu para que eu a acompanhasse. Ela sempre dizia que eu não era sociável, que a vida real não estava nos livros, que leveza, despreocupação e embriaguez não eram ofensivas. E estava certa: eu devia tê-la ouvido muito antes, talvez não tivesse perdido minha juventude.

...

A cena é a seguinte: uma casa recém-construída à beira da estrada que leva a Cognac, uma grande sala de jantar da qual foi retirada a maior parte dos móveis, azulejos bege, decoração pendurada nos lustres e nas portas-balcão, pontos de luz estroboscópica e, além deles, uma atmosfera suave, com lâmpadas acesas no jardim dos fundos que tornam o verde do gramado ainda mais verde. São mais de trinta meninos e meninas, alguns com cabelos loiros demais aqui e ali, jeans que deixam as meias à mostra e moletons brancos para alguns, jaquetas com ombreiras e leggings para outras, cores néon misturadas com composições góticas. A trilha sonora é unânime: dançamos ao som de "Wake Me Up Before You Go-Go", de Wham, ou "Footloose", de Kenny Loggins; conhecemos a letra de "Toute première fois", de Jeanne Mas, e nos beijamos ao som de "Time After Time", de Cyndi Lauper. Alguém provoca uma melancolia inesperada, mas bem-vinda, com "99 Luftballons", de Nena.

...

É nas últimas notas desta canção que Thomas aparece. Sim, de repente ele está ali, no meio da sala. Não o vi chegar, mas a partir de agora ele ocupa todo o espaço, o domina, o atrela à sua dimensão única. Eu poderia jurar que a luz tinha se apagado sobre todos os outros, ou, pelo menos, diminuído. (Isso me lembra de um teste que James Dean fez para *Juventude transviada*. Os jovens estão reunidos em uma sala, são todos saudáveis, atraentes. Eles têm os rostos dispostos como em uma pintura de El Greco, e então Jimmy entra na sala. Visto pela lente da câmera, ele é mais baixo que os outros, um pouco curvado, de óculos, com um sorriso malicioso, mas só vemos ele, os outros deixaram de existir. É possível que eu esteja recompondo a cena, aumentando um pouco, mas acredito que alguns homens podem ofuscar o resto da humanidade com sua presença, simples assim, e nos deixar sem fôlego)

...

A primeira reação é de surpresa, ou mais que isso: espanto. Não estava esperando por ele. Não sabia que ele havia sido convidado (pensando bem, por que alguém teria me avisado disso? E quem?). Quando o vi no dia anterior, ele não mencionou o aniversário (mas ele não me deve nada; nossa relação é baseada nisso, na inexistência de qualquer obrigação). Eu mesmo não contei nada a ele. Se soubéssemos, obviamente pelo menos um de nós não teria vindo. A verdade é que eu não esperava a presença dele neste tipo de ocasião. Ele é tão selvagem e tão resistente a festas de adolescentes, fica deslocado nesse tipo de ambiente. Sua presença ali é incoerente. Como alguma coisa fora do lugar.

...

Ele ainda não me viu. Ainda está afastado de tudo, desatento, desinteressado, até mesmo indiferente. Acende um cigarro, olha em volta e é rapidamente abordado por um de seus amigos, alguém que eu já tinha visto, que também é da turma do último ano. Eles trocam um aperto de mãos preguiçoso, como se faz com amigos a quem não se tem nada a provar.

De imediato, penso no mundo do qual não faço parte, nas amizades que ele construiu e nas quais não há lugar para mim, e também penso em seus dias normais, nos quais não apareço. O amigo personifica tudo isso, o aperto de mão simboliza tudo isso. Eu sou o mundo invisível, subterrâneo e extraordinário. Normalmente, essa singularidade me deixa feliz. Esta noite, ela me faz sofrer.

...

Porque, mesmo assim, existe uma intimidade avassaladora entre nós, às vezes uma proximidade inigualável, mas no restante do tempo vivemos absolutamente separados: tamanha esquizofrenia poderia levar ao limite da razão até os mais equilibrados. E eu nunca fui equilibrado.

Existe essa loucura de não podermos aparecer *juntos*. Loucura agravada neste caso pela situação (inédita) de nos encontramos no meio de uma reunião e termos que nos comportar como estranhos. Loucura de não poder demonstrar nossa felicidade. Uma palavra pobre, não é? Os outros têm esse direito e o exercem, não se privam dele. Isso os deixa ainda mais felizes, os enche de orgulho. Mas nós somos atrofiados, comprimidos, em nossa censura.

Tem essa ardência de não poder dizer nada, de ter que manter tudo em segredo, e essa pergunta terrível, esse abismo sob nossos pés: se não falamos disso, como podemos provar que existe? Um dia, quando a história acabar, já que vai acabar, ninguém poderá atestar que ela aconteceu. Um dos protagonistas (ele) pode até negar, se quiser; pode chegar ao ponto de se revoltar contra alguém que inventasse tamanho absurdo. O outro (eu) só terá a própria palavra, que não tem muito peso. Essa palavra nunca será dita. Não, eu nunca vou falar nada. Exceto hoje. Neste livro. Pela primeira vez.

...

Estamos na festa quando, de repente, uma garota pula no pescoço dele. Ela emergiu de uma sombra, veio se aquecer em sua luz. Ela demonstra muito impulso, muita energia, muita espontaneidade. Essa espontaneidade me incomoda, porque o gesto não é apenas impulsivo, parece natural. É visível que Thomas fica um pouco surpreso, constrangido, mas se deixa levar, aceita a familiaridade, o abraço. Retribui o beijo. Vi na interação a versão feminina da camaradagem que tinha testemunhado pouco antes, mas o ciúme que me invade, que me domina, me faz ver a cena de forma bem diferente.

Ciúme não é um sentimento que desconheço, mas ainda me é algo muito estranho. Não conheço a possessividade, não acredito que tenhamos direitos sobre outras pessoas, não me sinto confortável nem com a ideia de propriedade. Respeito ao máximo a liberdade de todos (talvez porque não suportaria que a minha fosse desrespeitada). Também me considero capaz de ter discernimento e até desapego. Em todo o caso, são qualidades que me foram atribuídas, já àquela idade. Em geral, não tenho inveja desse comportamento de conquista e sedução, acho horrível e humilhante. Só que todos os meus belos princípios caem por terra em um segundo, no instante em que a garota pula no pescoço de Thomas.

Porque esta cena não é só a prova de uma vida da qual não faço parte. Ela me manda de volta ao vazio, à inexistência, e da forma mais cruel.

Porque mostra o que normalmente me é oculto.

Porque fala do charme do menino carrancudo e da quantidade de tentativas que precisam ser feitas por quem quer se aproximar dele.

Porque oferece uma alternativa ao menino confuso e dilacerado.

Na verdade, não suporto a ideia de que alguém possa tirá-lo de mim. Que eu possa perdê-lo.

Descubro (pobre idiota) a dor do sentimento de amor.

...

(E, quando sentimos essa dor uma vez, temos medo de voltar a senti-la depois. Evitamos o amor para evitar o sofrimento. Durante anos, esse princípio servirá como meu sacramento. Foram muitos anos perdidos.)

...

Logo depois do abraço, Thomas se vira em minha direção (não se deve enxergar nisso nenhuma ligação de causa-efeito, nenhuma expressão do inconsciente, é apenas um gesto casual, um movimento lento) e seu olhar enfim me encontra. Nunca vi um raio cair com tanta força. Sim, foi exatamente isso: um raio o atingiu. Primeiro, pela revelação da minha presença. Depois, imagino, pela imagem que ele projeta neste momento, a do garoto seduzido, com a mão relaxada na cintura da moça. Dificilmente poderia piorar. Ele tem a palidez de um cadáver, e também a rigidez. A menina não percebe nada, continua sorrindo, falando, gritando coisas no ouvido dele por causa da música alta, e também para acentuar a proximidade, sem dúvida. Ele não a ouve mais, e ela nem sequer percebe. Só o amigo ao lado dele parece intrigado com a mudança de expressão, da posição do corpo. Mas, a princípio, não tira nenhuma conclusão, porque não olha para mim. Não compreendeu que eu sou o responsável pela metamorfose.

...

E como eu estou? Hein? Não devo parecer muito mais brilhante, nem muito mais animado. O desconforto provavelmente me desfigura, planta um misto de irritação e tristeza em meu rosto. Nadine, que volta para perto de mim com copos de ponche e me conhece muito bem, vê tudo. Anos mais tarde, ela me confidenciará que entendeu tudo naquela noite, quando viu minha decepção. Compreendeu o amor pelo menino de olhos escuros. Compreendeu meu amor pelos meninos de maneira geral. Ela teve a revelação. Ou melhor, a confirmação. Como se já soubesse antes daquele momento, mas esse conhecimento não lhe tivesse alcançado a consciência e a tocasse naquele instante, ali, sob a iluminação suave de uma festa de aniversário, em um piscar de olhos. Na época, ela não disse nada. Ela me entrega o copo de plástico. Demoro um segundo para pegá-lo.

...

Bebo muito, de modo excessivo. Passo a noite toda bebendo ponche. Vou encher o copo repetidas vezes em uma saladeira grande cheia de pedaços de laranja.

Converso com estranhos, faço muitas perguntas, finjo que estou interessado neles, e talvez eu de fato esteja interessado neles, trata-se apenas de mais uma maneira de não pensar em Thomas. No dia seguinte, alguns até dirão que sou um cara legal, *muito melhor que minha reputação*.

Também danço. Mas não sei dançar. Tenho vergonha do meu corpo, de sua fraqueza. Mas que seja, nós dançamos na cara do perigo. De qualquer maneira, não é o medo do ridículo que me mata.

Saio para o jardim e caminho pelo gramado. Em um canto, alguns caras estão fumando um cigarro. Peço uma tragada, e eles riem da minha embriaguez, mas me passam o cigarro. Engasgo logo de cara. Definitivamente não sirvo para isso.

Pergunto onde fica o banheiro, então corro para lá e vomito. Fico muito tempo lá dentro, com a cabeça pendurada sobre o vaso sanitário. Alguém bate à porta.

Volto à pista e danço de novo. Esqueço meu corpo, esqueço a vergonha.

T. e eu nos evitamos.

Digo para mim mesmo: *Qual é a novidade, afinal? Já não passamos a maior parte do tempo nos evitando? Sentindo a falta um do outro?* (Sorrio do duplo sentido da frase — um sorriso feio, é claro, até trágico).

...

Tarde da noite, sou dominado pelo desejo de beijá-lo, de me afastar das pessoas e ir à procura dele. O excesso de álcool removeu todas as minhas inibições.

Todas, menos essa.

Mesmo nesse estado de abandono, de diluição do eu, continuo obediente a ele. Sou detido pela consciência da extensão do risco que correria. Um risco mortal.

Decido ir embora da festa.

...

Eu me lembro de caminhar muito tempo depois disso, no frio, à beira da estrada principal que me levava de volta para casa. Lembro-me de ver o brilho pálido dos postes de luz que sinalizavam a entrada do povoado, de torcer o pé em um buraco na calçada danificada. Um cachorro latiu, o que acordou meus pais no segundo andar da casa (eles acenderam a luz do quarto, devem ter olhado as horas e trocaram algumas palavras sussurradas). E, sem nem sequer me despir, eu desabei na minha cama. No caminho de volta, tive tempo para pensar que as histórias de sexo são preferíveis às de amor, mas às vezes não temos escolha.

...

Quando volto a ver T., dois dias mais tarde, prometo a mim mesmo que não falarei daquela noite, daquele desastre. Ele também não diz uma palavra sequer sobre o assunto. Fazemos amor. Tenho a impressão de que há um pouco mais de ternura que de costume. Porém, quando ficamos deitados lado a lado, olhando para o teto, as palavras que não deveríamos dizer acabam saindo. Elas são o motivo da nossa primeira crise. Meu ciúme vem à tona. Minha imaturidade. A explicação é explosiva e desajeitada. Thomas me deixa falar. Depois diz: "É assim, não tem o que discutir" (acho que ele fala *negociar*). "*Se você preferir, podemos parar*. Se não aguenta mais. Já, agora mesmo, neste instante."

Eu digo: "Não, não vamos parar".

O pavor da perda supera todas as outras considerações. A dependência.

...

Os encontros clandestinos voltam a ser como antes. Beijos no corpo. Amor na cama de solteiro. Aquilo que pertence só a nós. Tudo aquilo é incomunicável.

...

Uma vez, apenas uma vez, nos deparamos com o impensável. Minha mãe chega em casa do nada. Ela não está bem, pediu para sair mais cedo do escritório, o chefe concordou. Ela enfia a chave na porta da frente e, do segundo andar, não a ouvimos. Ela entra, deixa suas coisas, a bolsa, pensa que está sozinha, que o filho e o marido não estão em casa. É ela quem vai nos ouvir, vai escutar da sala os ecos da nossa conversa. Preocupada, ela me chama pelo nome, mas não há resposta. Estamos naquele torpor pós-coito, falando de coisas sem importância, e, como não respondo, ela sobe a escada ainda mais apreensiva. Um degrau range sob seus pés. Ouvimos o rangido e entramos em pânico, um pavor que nos paralisa. O que fazer? Pular da cama e causar comoção, correndo o risco de atraí-la ainda mais depressa, convencida de que está diante de uma situação *anormal*, ou continuar onde estamos, correndo o risco de sermos descobertos assim, deitados juntos, nus? Ela repete meu nome, compreendo que é minha mãe quem se aproxima, que logo estará ali, do outro lado da porta, a um passo de ver seu mundo desabar. Ela vai abrir a porta, agora é inevitável. (Mas por que ela não tem medo? Por que não foge?) Respondo: "Sim, estou aqui, estou fazendo tarefa". Ela diz: "Mas não está sozinho, eu ouvi uma conversa". Explico: "Estou com um amigo, uma aula foi cancelada e viemos preparar uma apresentação". Ela avisa: "Ah, não vou incomodar vocês, então". E não ousa empurrar a porta. No fim, somos salvos por minha capacidade de inventar mentiras plausíveis. Ela ainda oferece: "Se quiserem um lanche, eu preparo alguma coisa para vocês". (Ela ainda prepara "lanches" para o filho de dezessete anos.) Recuso a oferta: "Não, obrigado, estamos sem fome. Você está bem? Por que voltou para casa tão cedo?". (Thomas me repreende com um sussurro aflito: "Para que insistir? Ela estava indo embora!", ao que respondo: "Isso confirma que não tenho nada a esconder, não tem nada aqui, nenhum 'lobo', sei como encobrir mentiras".) Ela fala sobre o calafrio, a enxaqueca e, ainda sem abrir a porta, acrescenta: "Devo estar encubando alguma coisa". Depois desce a escada de novo. Mais tarde, quando Thomas e eu aparecemos na cozinha como formandos do ensino médio, arrumados e bem-vestidos, limpos dos nossos pecados insuspeitados, ela olha para nós sem malícia, com ingenuidade. Respeitoso, Thomas se aproxima dela para apertar sua mão. À noite ela dirá: "Seu amigo é muito educado".

...

Durante o inverno (ou era a primavera?), Jean-Marie Le Pen aparece no programa *A hora da verdade* pela primeira vez. Com ares de quem já ganhou, ele entra no estúdio da Antenne 2 ao lado de François-Henri de Virieu, ao som de "Live and Let Die", de Paul McCartney. Os Jogos Olímpicos acontecem em Sarajevo, na Iugoslávia. A Iugoslávia ainda existe. São seis repúblicas, cinco nações, quatro línguas, três religiões, dois alfabetos e um partido, como gostava de repetir Tito, que está sepultado em um mausoléu chamado de "A Casa das Flores", em Belgrado. Ainda não é um país desmembrado, mas o comunismo já está morrendo por lá. Perrine Pelen ganha duas medalhas no esqui. Eu me lembro de seu rosto infantil, de seu cabelo curto. David, o menino da bolha, morre aos doze anos. Ele nasceu com imunodeficiência combinada grave, condenado a morrer antes mesmo de completar um ano de vida. Os pais decidiram trancá-lo em uma bolha estéril. Ele se tornará uma espécie de cobaia sob o olhar das câmeras. A trágica razão de sua morte é um transplante malsucedido. Os mineiros iniciam sua greve na Grã-Bretanha, Inglaterra. Nós ainda não sabemos que ela vai se arrastar por um ano, causar várias vítimas, inspirar uma canção do The Clash, nem que os grevistas voltarão ao trabalho sem ganhar nada e que Margaret Thatcher vai derrotar o movimento operário. Na França, centenas de milhares de pessoas marcham em defesa das escolas privadas, às quais chamam de escolas livres. A captura e a usurpação desse adjetivo me causam fúria. Minha consciência política está despertando. Indira Gandhi ordena o ataque ao Templo Dourado de Amritsar, envia tanques contra esse santuário Sikh e, algumas semanas depois, é assassinada por um

Sikh. E tem a aids, é claro. É a aids que vai roubar a nossa inocência.

...

Escrevi a palavra: amor. Pensava em usar outra.

No mínimo por ser uma ideia curiosa, essa do amor; é difícil de definir, de identificar, de estabelecer. Existem muitos graus, muitas variações. Eu poderia ter me contentado em dizer que estava encantado (e é verdade que T. sabia como me enfraquecer, me dobrar), ou apaixonado (ele sabia, como ninguém, atrair, conquistar, lisonjear e até mesmo enfeitiçar), ou perturbado (muitas vezes ele causava um misto de perplexidade e emoção, virando tudo do avesso), ou seduzido (ele me atraiu para suas redes, me envolveu, me conquistou para suas causas) ou atordoado (eu era estupidamente abobalhado, capaz de me entusiasmar por nada); ou mesmo cego (deixava de lado o que me envergonhava, minimizava seus defeitos, elogiava suas qualidades), transtornado (não era mais inteiramente eu), o que teria um significado menos favorável. Poderia ter explicado que era só carinho, que tinha só uma "quedinha", expressão vaga o suficiente para abranger qualquer coisa. Mas todas essas teriam sido só palavras vazias. A verdade, a verdade nua e crua, é que eu estava amando. A ponto de usar a palavra exata.

...

Mesmo assim, me perguntava se isso poderia ser uma invenção. Como você agora sabe, eu inventava coisas o tempo todo, e dava tanta credibilidade a tais invenções que as pessoas acabavam acreditando em mim (às vezes, nem eu mesmo conseguia separar o fato da ficção). Mais tarde, fiz carreira com isso, tornei-me romancista. Eu poderia ter inventado essa história do zero? Consegui transformar uma obsessão erótica em paixão? Sim, é possível.

...

Em junho, fazemos o exame final do ensino médio. Em julho, lemos a lista afixada em um quadro de giz e descobrimos que tínhamos sido aprovados. Estou tão feliz quanto se espera que alguém fique nessas circunstâncias. Thomas faz o papel do estraga-prazeres e me pergunta: "Você nunca imaginou que não seria aprovado, não é? Não poderia estar tremendo enquanto procurava seu nome na lista. Já esperava até a aprovação com honras, certo?". Digo que antecipar o resultado não impede a alegria, que podemos saborear o momento e a doçura do verão.

Eu não entendia que a graduação era *o fim da história*.

Ou melhor, recusava-me de pés juntos a considerar essa hipótese. Eu escolhia a negação. Ignorava a frase sublime e terrível que ouvi em nosso primeiro dia: *Porque você vai embora e nós ficaremos*.

(Quando penso nisso agora, fico chocado com minha atitude. Como pude, eu, tão racional, tão pragmático, deixar de lado a evidência, a certeza do fim? Presumo que não queria ser dominado em antecipação pela dor. Farei a mesma coisa com as mortes antevistas, previsíveis, me comportarei como se a vida fosse continuar. Conversarei com amigos na véspera de seu desaparecimento imaginando o amanhã, mesmo quando estiverem emaciados, impotentes, entubados na cama e nas garras da dor, e, quando me contarem acerca da morte deles, será um choque, uma revelação).

T., por sua vez, não esqueceu nada, não ignorou nada. Por isso tem aquela expressão taciturna.

Não sei o que ele *de fato* esconde por trás daquela atitude. Se eu tivesse que pensar nisso, diria que é melancolia, tristeza, talvez, o começo de uma nostalgia, que ele saberá superar bem rápido. Ou nada, já que teve tão bons resultados com o esforço para não se comprometer. De qualquer forma, eu não diria que era desespero.

Para mim, quando enfim fizer um balanço do rompimento, será mágoa, um sofrimento muito puro. Sempre pensei que seria eu quem mais sofreria. Cheguei até a considerar que seria o único a sofrer.

Às vezes nos falta discernimento.

...

Logo após a divulgação do resultado do exame final do ensino médio, eu disse a ele: "Vamos, tenho que te mostrar a câmera que meus pais me deram". Ele brinca: "Pelo menos eles não ficaram muito preocupados, se te deram um presente antes de saber...". Dou de ombros. Ele acrescenta: "Essa foi a única desculpa que encontrou para irmos para sua casa foder, comemorar, não foi?". Começo a rir, não sei que é a última vez que vou rir com ele. A casa está vazia, o quarto acolhe nosso abraço. E então, sem pensar, e também sem muita esperança, faço uma sugestão: "Poderíamos dar uma volta de moto pelo campo, eu aproveitaria para mostrar minha Canon". Para minha grande surpresa, ele aceita sem reclamar. Partimos imediatamente. O ar está quente, a luz quase ofusca. Acabamos parando em um lugar de que gosto, longe de tudo. E começo a tirar minhas primeiras fotos. Thomas fica um pouco para trás, acho que se diverte com minha empolgação infantil. Então vai se sentar em uma mureta de pedras claras e arranca uma folha de grama para ocupar os dedos. Eu me viro e o encontro nessa posição. Acho-o mais bonito que nunca. Atrás dele, um céu amarelo, um carvalho. Gostaria de imortalizar esse momento, o momento de sua beleza no começo de julho, mas tenho a sensação de que, se eu pedir autorização, ele não vai permitir. E me recuso a fotografá-lo sem que ele saiba. Eu me aproximo dele devagar, já resignado. No entanto, quase a despeito de mim mesmo, talvez porque o desejo seja muito forte, faço o pedido. Ele hesita, vejo a hesitação em seus olhos, antes de, por fim, concordar. Fico atordoado, mas não demonstro e trato de ajustar a lente com rapidez, antes que ele reconsidere seu consentimento. Faço a foto. Nela, ele aparece de calça jeans, camisa xadrez com as mangas arregaçadas, ainda com a folha de grama entre os dedos. E sorri. É um sorriso leve e cúmplice, terno, acho. O que me perturbou muito tempo depois, quando olhei para essa foto. O que ainda me perturba enquanto escrevo estas linhas e as contemplo sobre a mesa, bem aqui, ao lado do teclado do meu computador. Agora eu sei. Sei que Thomas só concordou com essa única foto porque tinha entendido (decidido) que aquele era nosso último momento juntos. Ele sorri para que eu leve seu sorriso comigo.

...

Depois é hora da (minha) partida para a Ilha de Ré. Como em todos os verões desde a infância. A ilha aconteceu desde muito cedo na minha vida.

O motivo? Nela vivia o melhor amigo de meu pai, que ele conheceu aos vinte anos durante o serviço militar. No "regimento", dizia ele. Quando busco na memória, a lembrança mais antiga que desenterro, a cada tentativa, é a da ilha: tenho três anos, uso bermuda, blusa de marinheiro e uma miniatura de boné de ciclista, e estou na parte da frente de um barco, sentado no colo da minha mãe. O sol me faz semicerrar os olhos. O barco é a balsa que liga o continente à ilha, entre La Pallice e Sablanceaux. A travessia dura vinte minutos. O deslumbre que experimentei naquele momento nunca me abandonou, e ainda me anima quando o encontro na memória. Isso explica a obsessão pelo mar refletida em todos os meus romances.

Depois disso, passo todos os verões na ilha. Enfrentamos horas de fila no cais, esperamos sob um calor insuportável, o couro sintético do assento do carro grudando em nossas coxas nuas. Uma vez a bordo da balsa, porém, tudo é esquecido, a espera, a umidade. Saímos do carro e a alegria começa. Sentimos no ar o cheiro que mistura combustível e sal marinho, contemplamos o brilho na superfície da água. Chegamos ao outro lado e seguimos em direção a Sainte-Marie.

A ilha era popular na época: havia parques de *camping*, hospedagem paga para as férias, mesas dobráveis nas calçadas, os chapéus bucket de Paul Ricard. O lugar ainda não é o anexo de Saint-Germain-des-Prés, como se tornou mais tarde. As fachadas de pedra são escuras; as venezianas, verdes.

À tarde, vamos a pé pela estrada salpicada de pinheiros-guarda-chuva nadar perto de Saint-Sauveur. Adoro essa praia, que tem cheiro de alga marinha, essa água morna e turva do mar. Na verdade, quase me afoguei nela uma vez (talvez seja daí, quem sabe, que vem a mania de afogar muitos personagens dos meus romances... mas a experiência não deixou consequências duradouras em mim).

Hoje, quando encontro crianças nesta praia, quando as vejo correndo nas dunas, ou deitadas na pedra quente da mureta baixa que funciona como quebra-mar, olho para elas e sorrio. Lembro-me de que um dia fui como elas, com a mesma despreocupação, a mesma leveza, torrando ao sol. A gente nunca se livra da infância. Ainda mais de uma que foi feliz.

...

(Às vezes lamentarei ter tido uma infância e uma adolescência tão indolentes, tão protegidas, tão comuns, porque muitas vezes somos obrigados a recorrer a um trauma que remonta a uma idade muito tenra — como mostrar os documentos à polícia — para justificar o ofício de escrever. Mas, para mim, não houve violação, incesto, não houve nada de família maluca, nada de pai desconhecido, nada de pai presente até demais, nada de fuga, nada de abandono, nada de doença grave, nada de pobreza, nem de grande riqueza, nada que pudesse ser usado para criar um livro que chamasse a atenção, que *vendesse*.)

...

Resumo. O verão de 1984 não deveria ter sido uma exceção à regra. Eram sempre a grande baía de Rivedoux, as pequenas falésias de La Flotte, as margens do Bois-Plage, os pântanos de Ars, a ponta rochosa de Saint-Clément. Sempre as malvas-rosa nas vielas, as agulhas dos pinheiros estalando sob os pés na floresta de Trousse-Chemise, as árvores frondosas sob as quais se encontra sombra. Sempre as fortificações de Vauban para me proteger de invasões imaginárias, a abadia ao ar livre que tanto me apavorava à noite e o farol das Baleias, que me deixava tonto. Eram sempre os meninos da minha idade que eu encontrava todos os anos. Antes íamos ao carrossel, agora vamos para o bar. Tudo está em seu lugar, tudo me tranquiliza.

Exceto que sinto saudade de T. Sinto uma saudade abominável dele. E isso muda tudo. Já percebeu como as mais belas paisagens perdem o brilho assim que nossos pensamentos nos impedem de olhar para elas do modo como deveríamos?

...

Não escrevo carta, muito menos cartão-postal. Ele me proibiu. Telefono com pouquíssima frequência, como ele me aconselhou a fazer. De qualquer forma, durante o dia ele trabalha no campo, fica inacessível. Não sei o que faz à noite, nem quero saber. Depois, cumprindo sua tradição, ele viaja para a Espanha. E torna-se inacessível para sempre.

...

No início de agosto, durmo com um menino que havia montado sua barraca no acampamento Grenettes. Fazemos amor ali, debaixo da lona, na promiscuidade, sobre um cobertor que cheira a suor.

Fiquei com ele por causa do cabelo loiro, descolorido pelo sal e pelo sol, por causa da pele dourada e dos olhos verdes, e porque era fácil. Não procurava diversão, nem um jeito de acalmar a dor que sentia. Não procurava uma alternativa, não, sério, só aceitei o que era mais fácil, só isso.

Fico surpreso com esse outro corpo, tão diferente do de Thomas, que perco um pouco a noção, é desconcertante. Mas também é agradável.

...

Quando volto a Barbezieux, por volta do dia 15 de agosto, telefono para Thomas. Falo com a irmã dele, Nathalie, a que estuda secretariado. É ela quem me conta com voz monótona: "Ele ficou na Espanha, temos família lá, não sei se você sabe". (Ela me trata com formalidade, não sabe quem sou e fala de um jeito indiferente. Imagino que esteja ocupada com outra coisa: pintar as unhas, arrumar o cabelo). "Ofereceram um emprego para ele, e Thomas aceitou. Não queria continuar estudando, nem aqui nem lá."

...

Ouço um barulho dentro da minha cabeça quando ela termina de dizer essas palavras. É o barulho da sirene de um barco partindo, afastando-se da terra firme. Sim, é esse barulho, juro. Um clamor de partir o coração. Não sei por quê.

Um dia escreverei a respeito de barcos que partem e das despedidas que acontecem antes disso. Escreverei a história de uma mulher que observa a partida dos barcos no cais do porto de Livorno. Vou me lembrar com precisão do som abafado da sirene dentro da minha cabeça no fim do verão de 1984. Um barulho que pouco a pouco vai morrendo.

...

Depois é outra coisa. Já não é mais um ruído, é uma sensação física, um choque, como uma colisão. Como a vítima de um acidente, que os socorristas tiram de uma pilha de metal retorcido e rapidamente carregam para a maca, jogam em uma ambulância, levam para o pronto-socorro de um hospital e entregam aos cuidados de um médico plantonista. É como a pessoa gravemente ferida que é operada com urgência, porque está perdendo muito sangue, porque tem membros quebrados, ferimentos. Depois é o sobrevivente consertado, suturado, engessado, que aos poucos vai acordando da anestesia, ainda sob efeito do clorofórmio, mas já dominado pela dor que desperta, a lembrança do trauma, enfim, o convalescente desorientado, sem rumo, sem energia, sem vontade, que às vezes se pergunta se não teria sido melhor que o tivessem deixado morrer nos destroços, mas que se cura, porque é sempre assim, você se cura, em algum momento.

...

Sim, essa analogia banal é a mais adequada.

...

No início do ano letivo, em setembro, saio de Barbezieux. Vou para a faculdade no Lycée Michel-de-Montaigne, em Bordeaux. Lá, começo a estudar para me formar em administração de empresas. Estou começando uma nova vida. Aquela que foi escolhida para mim. Curvo-me às expectativas e às ambições que foram depositadas em mim, sigo o caminho que me foi traçado. Entro na linha. Apago Thomas Andrieu.

capítulo dois

2007

Em Bordeaux novamente. Mais de vinte anos se passaram. A cidade mudou. Quando eu tinha dezoito, as paredes eram cobertas de fuligem, escuras. Agora é evidente que as fachadas foram renovadas, e o ocre domina o que antes era pesado, decadente. Agora que tudo é aberto e os jovens se mudaram para lá, o lugar tem até um toque espanhol à noite, resultado das pessoas nas praças ou nas calçadas dos cafés, do tilintar das taças, das conversas levadas pelo vento fraco, do bom humor. Antes, a burguesia local estava envelhecendo, agora ela é boêmia. Mas, acima de tudo, desde que margens e cais foram reformados, a cidade redescobriu o rio. Antes havia matadouros abandonados, mato alto, arame farpado, lama, você nem imagina. Agora o que se vê são os elegantes bancos, os gramados, as árvores, o espelho-d'água e o bonde logo à frente.

Tornei-me um escritor. Estou aqui para participar de um debate e de uma sessão de autógrafos em uma livraria. Vamos discutir meu último romance. Os livros se tornaram minha vida. À noite, vai ser tarde demais para voltar a Paris, porque não haverá mais trens, então reservei um quarto de hotel não muito longe das Allées de Tourny. Na manhã seguinte ainda vou me encontrar com uma jornalista e aproveitar um pouco a visita, talvez dar um passeio às margens do Garonne, antes de voltar para casa.

...

É exatamente naquela manhã que acontece. A entrevista está prestes a terminar quando vejo a silhueta, as costas do rapaz saindo do hotel com a mala em mãos. Vejo essa imagem que *não pode existir* e grito o nome. Levanto-me de um pulo para ir atrás do garoto na calçada, toco seu ombro e ele se vira.

...

E é *quase* ele.

...

Digamos que a semelhança é impressionante, e até mais que isso. É tão forte que me causa um arrepio na espinha, me faz vacilar, causa um leve desequilíbrio, e, por alguns instantes, minha respiração fica mais acelerada, mais curta. (Situações como essa podem ter consequências físicas, produzir respostas no corpo que ocorrem quando há situações de perigo iminente, gerando pânico e levando à contração imediata dos membros, à desarticulação.)

As características do rapaz são idênticas, a aparência é a mesma. É de enlouquecer. Apavorante.

Mas tem uma pequena diferença, algo que é provável que esteja relacionado à atitude geral, ou ao sorriso.

É essa pequena diferença que consegue me devolver a razão, me fazer enxergar o que é aceitável.

...

Depois de recobrar a razão, não peço desculpas ao jovem, não explico que me enganei, que pensei ter reconhecido alguém. Também não comento que ele é muito parecido com alguém que conheci muito tempo antes. Digo apenas: "Você é *a cara do seu pai*". O rapaz responde de pronto: "As pessoas dizem isso o tempo todo".

...

E então não falamos mais nada. Continuo olhando para ele como contemplaria uma pintura. Isto é, examino os detalhes, comporto-me como se ele não estivesse vivo, como se, de sua parte, também não estivesse olhando para mim. Realmente, esculpido em carrara.

Meu corpo se acalma.

O jovem devia estar constrangido com aquela inspeção. Teria todo o direito de tentar se livrar daquilo, ou até mesmo considerar impróprio, grosseiro. Mas não, ele escolhe tratar a situação com bom humor e sorri. Eu estava certo: o sorriso não é exatamente igual.

...

Pergunto a ele se está com pressa ou se, pelo contrário, tem tempo para tomar um café. Ouço minha voz fazendo o convite espontâneo, sem nenhuma reflexão prévia, sem o filtro da razão, testemunha da necessidade imperiosa de manter por perto esse "filho do milagre", não o deixar ir embora, interrogá-lo, claro, para preencher as lacunas, ocupar um espaço de vinte e três anos. Não tenho tempo para contestar tal necessidade bizarra, muito menos para tentar decifrá-la ou me incomodar com ela. Apesar da minha aflição, ele responde, e agora temos que lidar com isso.

Diz que seu trem sai em uma hora, que ainda tem *algum tempo*. Logo fico surpreso por ele ter aceitado com tanta facilidade o convite de um estranho, o que é um paradoxo: eu não teria aceitado, teria fugido da inquisição, continuado meu caminho, reconquistado minha solidão.

Ele entendeu, é claro. Sabe de onde vem meu interesse por ele. Mas por que isso é suficiente para convencê-lo a ficar? Ainda mais porque, como ele mesmo disse, a comparação é comum, as pessoas sempre lhe dizem o que eu mesmo falei. Talvez esteja cansado disso.

Mas ele não demonstra cansaço. Continua sorrindo. E explica o que o levou a aceitar meu convite. Ele diz: "*Você devia amá-lo demais, para me olhar daquele jeito*".

...

Vamos nos sentar onde estive conversando com a jornalista. Brusco, eu me despeço dela. Fico sozinho com o rapaz. Digo que nem sei seu primeiro nome. Ele responde: "Lucas" (e fico preocupado com esse primeiro nome, já que o usava com tanta frequência em meus livros, como se o acaso sem dúvida não existisse). Em troca, eu me apresento. Ele continua: "Você é amigo de infância do meu pai, é isso?". Ouço a expressão, acho linda, embora não seja verdadeira. Respondo: "Sim". Era isso... um amigo, da minha juventude...

...

A frase fica suspensa no ar. É que a emoção retornou, trazida de volta pela voz que lembra outra e também pelos gestos semelhantes, o que me fascina. Não sei quanto disso é genética, quanto é imitação.

Pergunto se Thomas está bem. Não falo o nome dele, é claro. Digo *seu pai*. Dou à pergunta uma nota circunstancial, de polidez, de obrigatoriedade, um caráter passageiro, um começo natural para a conversa. Mas ela é outra coisa. É existencial, talvez. Felizmente, meu interlocutor não consegue perceber nada, ouve apenas a educação. O sorriso volta a seu rosto, no qual vejo uma mistura de perplexidade com um toque de amargura, talvez. Ele responde: "É difícil saber se ele está bem, é sempre muito retraído... Ele já era assim no seu tempo?". Ouço o "no seu tempo" dito sem maldade, mas que remete minha juventude a um passado distante, faz dela uma curiosidade, um objeto de estudo, uma estranheza. Respondo que ele nunca foi expansivo, na verdade, que tinha uma natureza propensa ao silêncio, ou ao retraimento, pelo menos. Lucas parece muito diferente: alegre, interessado nos outros, nem um pouco antissocial. Pelo jeito, não herdou o retraimento.

...

Pergunto a ele se ainda mora no mesmo lugar, surpreso com minha indiscrição. O filho confirma: "Obviamente! Você o vê morando em outro lugar? Meu pai é uma dessas pessoas que nunca vão embora. Que morrem onde nasceram". Minha reação instintiva é perguntar: "E você não é, correto?". Ele confirma com um aceno de cabeça. Diz que quer encontrar outro lugar. E alega que isso é normal na idade dele, certo? Concordo com a cabeça, sem insistir no assunto. E no mesmo instante comento que um dia o pai dele também se mudou, pois uma vez encontrou um emprego na Espanha. Acrescento: "Foi então que perdemos contato, ele e eu". Pronuncio essas últimas palavras sem dar a elas muito peso, como se a vida fosse isso, apenas isso, conhecer, conviver com pessoas e perdermos contato, e depois continuar vivendo como se não houvesse mágoas, separações que nos fizessem sangrar, rompimentos dos quais é preciso lutar para se recuperar, arrependimentos que nos perseguem por muito tempo.

...

O filho protesta: "A Galícia não é como o Peru! Fica aqui ao lado. E lá é como a casa da nossa família. Francamente, existem mudanças mais impressionantes".

Percebo o apetite e a descontração de uma geração que cresceu em um planeta encolhido, para quem viajar não é uma grande expedição, mas uma aventura comum, para quem uma vida tranquila é uma morte disfarçada de vida. Vejo o filho do mundo. Penso que o destino provavelmente teria sido diferente, se o pai tivesse sido orientado pela mesma propensão. Se não tivesse vivido *em outra época*. E se soubesse se libertar dos próprios constrangimentos.

O rapaz acrescenta: "Bem, dito isso, sem esse desvio dele pela Espanha (desvio: teria sido possível encontrar palavra mais apropriada?), eu nunca teria vindo ao mundo". Ele percebe minha expressão confusa e se apressa a explicar: "Foi lá que ele conheceu minha mãe".

Em seguida, ele conta a história.

Thomas trabalha com os tios e primos em uma grande propriedade na Galícia. Dizem a ele que trabalha muito, que dedica toda a sua força a isso, que não se esquiva das obrigações nem sob o sol inclemente ou a chuva torrencial. Começa a trabalhar de manhã, bem cedo, e é um dos últimos a terminar, é o orgulho dos outros homens. A tia diz que ele está ficando embrutecido pelo trabalho. Teria adivinhado que não é inteiramente normal um jovem de dezoito anos, que poderia ter *continuado os estudos*, se dedicar com tanto afinco à tarefas que exigem apenas os braços, a força física? Ela percebe que esse sacrifício pessoal é, talvez, uma forma de esquecer-se de si mesmo, diluir-se, e também uma forma de se colocar à prova, de se ferir? Quem diz isso sou eu, Lucas só fala de um rapaz arando a terra em condições desumanas. A imagem heroica se impõe diante dos meus olhos.

...

Uma noite, Thomas está em uma festa em um vilarejo, um espaço enfeitado por estandartes e embalado por um acordeão bêbado, quando vê uma jovem. Ela tem dezessete anos, sua pele é morena, e se chama Luísa. Ele se aproxima da jovem. Aqui penso que a história foi reescrita, a cena não pode ser tão cinematográfica assim. Os anos durante os quais ela foi contada repetidas vezes a reconstruíram, sem dúvida nenhuma. A transformaram em uma espécie de lenda de família. Imagino que não tenha existido nenhum amor à primeira vista, só vinho, uma noite quente e cheia de borboletas voando, e as ideias de que nada é de fato importante e de que tudo é possível. E sei principalmente que Thomas não pode ter se aproximado da jovem de um jeito natural, que, em essência, ele é contido pelo acanhamento e *pelo que é*. Foi ela quem teve que superar as próprias inibições, ela que soube lidar com a vergonha dele, com seu medo. Também sei quanto é preciso descartar de si mesmo para ser como todo mundo. É isso que está em ação na noite galega, a noite dos estandartes.

...

Poderia ter sido um cenário sem futuro. Devia ter sido.

Penso em todos aqueles garotos cujos caminhos cruzei por algumas horas, no álcool, nas drogas, e os quais nunca mais vi. Penso naqueles corpos entrelaçados em noites selvagens, perdidos na madrugada, naqueles olhares que capturaram o meu e dos quais me esqueci assim que o prazer se completou. Eu mesmo não passava de algo passageiro para aqueles rapazes, um amante fugaz, um nome desconhecido. Quantos de fato se lembram de mim?

Acho que a juventude normalmente é assim, sem apegos, sem obrigações.

Porém, esses dois jovens voltam a se encontrar. E se tornam mais próximos.

Estou convencido de que Thomas se obriga a isso. Sei que alguns vão se opor à minha resistência em admitir que ele mudou de trajetória, de orientação, ou que apenas sucumbiu a um sentimento até então desconhecido. Dirão que estou cego de ciúme ou revolta. Mesmo assim, insisto, ainda acredito que ele investiu nisso a mesma determinação teimosa com que se dedicava ao trabalho. A mesma intenção de esquecer de si mesmo e voltar ao caminho certo, aquele recomendado pela mãe, o único possível. Ele se convence? Essa é a questão crucial. Uma questão fundamental. Se a resposta for sim, então é provável que possamos seguir adiante na vida. Se a resposta for não, estamos condenados a um sofrimento sem fim.

...

E então, um acidente, digamos assim, decide as coisas por eles, por ele. Luísa fica grávida. Descuido, azar, inconsequência, tanto faz, uma criança vai chegar. Uma criança que não pode ser eliminada, que vai ter que crescer no ventre da mãe. É a Espanha católica, lá não se brinca com esse tipo de coisa.

É o próprio filho do "acidente" quem conta a história desse jeito. Ele sabe que não foi desejado, que foi concebido quando os pais mal se conheciam, quando eram muito jovens, quando seus caminhos provavelmente acabariam se separando, se não tivesse acontecido o acidente. Ele sabe que, em outro país, em outra cultura, em outra época, nunca teria nascido. E fala: "Mas, ei, não posso fazer nada a respeito, é assim". E acrescenta: "E acredito que os filhos que não são desejados não crescem necessariamente piores que os outros". E ele não está errado.

Eu também sou um filho indesejado, um risco, uma imprudência. Minha mãe tinha vinte anos quando me deu à luz. E não me faltou amor.

...

Quando fica sabendo da gravidez, a mãe de Thomas (em geral gentil e reservada) ordena que ele se case. A cerimônia aconteceu dois meses depois, na igreja de Vilalba. Não se pode contrariar a vontade de uma mulher que a manifestou tão pouco ao longo da vida, que desejou quase nada.

...

E Thomas nesta história? Estou convencido de que ele não se revolta, tenho certeza disso. De jeito nenhum (aqueles que determinam o que ele *deve* fazer são muito poderosos, eles o dominam). Mas também é possível que ele não queira se rebelar. (Eles estão tão felizes! O pai que se convence de que o filho não vai deixar a terra, a mãe que se encanta com o filho reproduzindo a história vinte anos depois, casando-se com a jovem espanhola.) Basicamente, o destino acaba escolhendo por ele, que se resigna, deixa acontecer. Talvez também tenha dito a si mesmo que tudo aquilo era um sinal do destino, que as circunstâncias foram necessárias para livrá-lo do desvio, para que tudo voltasse à ordem. O casamento é celebrado na primavera.

...

Lucas conta: "Eu vi as fotos do casamento, minha mãe as organizou em um álbum que olha com frequência, acho que deve gostar de lembrar a juventude".

(Ou ela confunde juventude e felicidade. Esta é uma confusão frequente.)

Nessas fotos com mais de vinte anos, os noivos adolescentes são vistos na escadaria da igreja vestindo roupas de domingo emprestadas, sob uma chuva de grãos de arroz e cercados pela família. Depois estão em um jardim, sob um arco de glicínias, ela com um buquê nas mãos, ele com o pescoço ereto. A recepção, e ao fundo os muros de pedra da quinta, as paisagens estranhamente celtas que oferecem a imagem enganosa de uma possível partida. O jantar, as grandes mesas, aquela sensação de união. Os passos de dança sob as guirlandas, as flores de todas as cores, a promessa de um futuro brilhante.

...

Lucas acrescenta: "Mesmo assim, tem uma coisa nessas fotos que sempre me impressionou... Meu pai muitas vezes parece triste. Acho que ele já não era do tipo que sorria quando mandavam".

Para mim, é claro que a tristeza não é consequência da desobediência a um fotógrafo caprichoso, mas é claro que me contenho e não digo nada disso.

E digo para mim mesmo: *Se essa tristeza já existia desde as primeiras horas do casamento, se era enorme a ponto de não poder ser escondida, nem mesmo nos momentos de maior comunhão, na mais alegre das comemorações, então ele teve que a arrastar por todos os anos seguintes, e deve ter sido um grande peso.*

O rapaz continua: "Entendo por que dizem que me pareço com ele. Nas fotos, sinto que sou capaz de me enxergar. A única diferença é que eu sorrio".

...

Um dia encontrei uma tira de fotos de cabine esquecida em uma estante da sala na casa em Barbezieux. Naquele dia, pensei: *Quando essa foto foi tirada?* Lembro-me de ter procurado uma data, uma situação que poderia sugerir minha idade na época. Deduzi que devia ter tirado aquelas fotos para a carteira de identidade alguns anos antes. Nunca usamos todos os retratos dessas séries de quatro, sempre sobram uma ou duas que ficam por aí, que tiramos da gaveta ou da carteira muito tempo depois, na maioria das vezes por acaso. Mostrei a foto para minha mãe, que não deu muita importância e disse, casual: "Não é você, é seu irmão. Não reconhece o suéter dele?". Levei alguns minutos para me recuperar do impacto de ter me reconhecido no rosto de outra pessoa. De entender que eu era apenas uma cópia. Um decalque.

...

Lucas me diz que não sabia que era possível herdar tudo de um dos pais e nada do outro. Sugiro que seus irmãos e irmãs, se ele os tiver, talvez tenham características da mãe, que a distribuição pode ter sido feita dessa forma. Ele, então, esclarece que é filho único, que não houve mais filhos depois dele. A mãe queria, mas o pai não quis e ficou irredutível, nunca cedeu. Às vezes, a mãe se queixava disso na frente das pessoas, e então ele via dureza nos olhos do pai, uma espécie de raiva fria.

...

Ele murmura (sim, ele fala um ou dois tons mais baixo, a voz abafada como se confessasse um segredo, ou como se fosse difícil pronunciar as palavras) que gostaria de ter tido uma irmã mais nova, que a infância teria sido menos solitária. Fala dos anos de solidão na fazenda. De como viveu cercado apenas de adultos e campos até onde a vista podia alcançar.

E se corrige de pronto. A irmã do pai às vezes foi como uma irmã mais nova, porque tinha que cuidar dela o tempo todo, já que ela não era independente e cuidar dela fazia com que ele se sentisse útil. Morar perto dela era como morar em uma casa de fantasia, porque a tia tinha momentos de pura poesia, flashes sublimes, quando inventava mundos. Ele me conta que foi necessário interná-la em uma instituição especializada, e que o pai precisou se conformar com isso, com a morte da alma. Ela ainda está lá.

...

Eu deduzo que Thomas voltou à França para trabalhar com o pai. Lucas confirma, diz que foi isso o que aconteceu. A juventude acabou. Não havia mais Espanha. Havia Charente, a esposa, o filho para criar, a irmã com deficiência, o vinhedo, o rebanho.

...

Pergunto a ele se ainda é parecido com o pai hoje em dia. Ele diz: "Ah, sim! Ele não mudou, sabe? É até estranho mudar tão pouco, envelhecer tão lentamente. Se o visse, você o reconheceria logo de cara".

Eu me sinto mais tranquilo com sua representação de um Thomas intacto, a quem os anos não pesaram nem danificaram. Conheço muitos homens que ficam acabados, muitas vezes por volta dos trinta anos, cujas feições endurecem, cujo corpo perde o viço, cujo cabelo fica mais ralo. Poucos escapam da calamidade. Eu mesmo sou um desses que o tempo atacou. Não sou mais o adolescente no pátio da escola em uma manhã de inverno. A magreza desapareceu, o rosto mudou, o cabelo agora é curto, meu aspecto geral ganhou uma qualidade mais urbana. Só restou a miopia, os óculos que escondem o olhar.

Também me incomoda a perspectiva abordada pelo filho, sem nenhuma intenção de concretização, mas mesmo assim cogitada, de eu voltar a ver o pai. Nunca considerei tal possibilidade. Muito rapidamente, aos dezoito anos, quando soube que ele se mudara para a Espanha e quando, de minha parte, iniciei uma nova vida que me levaria de Bordeaux a Paris via Normandia, admiti que o que vivemos pertenceria irremediavelmente ao passado. Tive essa certeza irrevogável.

Seu "se o visse" não pode, portanto, ser concebido. Pertence à categoria do impensável.

(Vou me corrigir, porque menti. Acabei de mentir para você. É óbvio que demorou, levou até muito tempo antes de eu resolver me despedir, antes de admitir que tudo estava acabado. Por muito tempo, continuei alimentando a esperança de um sinal. Contava com arrependimentos, remorsos. Pensava em promover um novo encontro. Começava cartas que não mandava. Acabei desistindo. A possibilidade do reencontro deixou de existir.)

...

Lucas olha para o relógio, e vejo que é o mesmo que Thomas usava, o Casio com mostrador digital. Ele percebe minha surpresa, sem saber a que situação ela está relacionada: o corpo nu do pai dele junto ao meu em uma cama, um quarto de século antes. Comenta que o relógio é *vintage*, que essas coisas antigas estão voltando à moda, balança o punho muito orgulhoso de si mesmo. E diz: "Agora preciso ir, ou vou perder o trem".

Mas não quero perder esse filho acidental, ainda não, não desse jeito. Ofereço-me no mesmo instante para acompanhá-lo até a estação. Sugiro pegarmos um táxi, que chegaremos mais rápido e será mais confortável para ele. Lucas aceita a oferta sem hesitar.

...

(Uma parte do meu pânico é desejo? E isso seria assim tão inapropriado? Uma versão quase idêntica de Thomas é posta na minha frente; seria, portanto, tão surpreendente se meu desejo fosse ressuscitado de modo também quase idêntico?)

...

Caminhamos até o Grand Théâtre, onde encontramos um táxi com facilidade, descemos a Rue de l'Esprit-des-Lois para chegar aos Quinconces e depois ao cais. Passamos em frente ao Palais de la Bourse, cuja fachada ocre é muito amarela e cujas janelas altas nas quais o sol da manhã se reflete parecem placas ofuscantes. Seguimos ao longo do Garonne, e não consigo deixar de pensar (devo estar obcecado) em todos os jovens que se afogaram ali, garotos que desapareceram sem nenhuma explicação e foram encontrados semanas depois. Nunca se soube se pularam de uma ponte, se escorregaram e caíram do cais por acidente, se foram jogados nas águas revoltas. Um dia tentarei escrever um livro a respeito dos desaparecimentos inexplicáveis, dos mistérios dessas mortes. Passamos perto do bairro de Saint-Michel, que frequentei muito quando era aluno do Lycée Montaigne, e as lembranças retornam, eu voltando para casa de madrugada, cambaleando. Poderia ter sido um daqueles garotos que se afogaram. Fazemos alguns desvios por ruas menos movimentadas, ainda não alcançadas pela modernidade, para voltarmos ao Canal Marne e por fim chegarmos à estação de Saint-Jean. A praça na entrada já não se parece com aquela que conheci. Antes era suja, submetida a ventos fortes, irregular, hoje um bonde reluzente desliza pela esplanada sem fazer barulho.

...

Durante o trajeto até a estação de trem, eu falei: "Nem perguntei o que você fazia aqui, em Bordeaux".

Ele explica que só está de passagem, que veio para uma entrevista de emprego. Pretende fazer estágio em um château do Médoc. Como a entrevista só aconteceu no dia anterior, já um pouco tarde, ele teve que passar a noite em Bordeaux, e agora está voltando para Nantes, onde estuda. Pergunto a ele se quer trabalhar com o vinho. Ele ri. Diz que não, o que quer é trabalhar com exportação.

...

Entramos na estação movimentada, e reconheço as paredes de mármore rosa e marrom, as escadas que sobem da Salle des Pas Perdus. Acho que talvez devesse ter me despedido dele no táxi. Fiquei surpreso com sua insistência para que eu o acompanhasse até a plataforma, mas cedi com facilidade. Pergunto se o trem que ele espera é da Corail. Ele diz que sim. Peguei esse trem na sexta-feira à noite, quando saí de Bordeaux para passar o fim de semana em casa. Lembro-me das portas de correr e das sanfonas entre os vagões, do barulho que faziam quando passávamos de um vagão para outro, do cheiro forte dos banheiros, uma mistura de urina e desinfetante barato. Havia corredores estreitos ao lado de cubículos fechados nos quais podiam sentar-se até oito pessoas, pessoas que fumavam, soldados uniformizados que deixavam seus batalhões para uma licença de dois dias, exibindo mochilas verdes e uma virilidade desinibida. Lembro-me de como a viagem me pareceu longa. Não foi, mas como paramos em todas as estações, pareceu interminável. Para aliviar o tédio, li diversos livros, li Duras e Guibert entre os jovens soldados a bordo do trem da Corail. Desci em Jonzac, a estação mais próxima de Barbezieux (não há estação em Barbezieux, uma vez me explicaram que a cidade não queria). Minha mãe me esperava no carro, no estacionamento. Ela não sabia sobre Guibert, sobre os jovens soldados. Ou melhor, fingia não saber, e não conversamos sobre isso.

Acho que Lucas vai descer em Jonzac. Mas também pode ser em Châtelaillon-Plage, a antiga estância balneária onde tenho uma casa, uma vila à beira-mar comprada por capricho e que um dia se tornará "a casa do Atlântico". A geografia sempre me foi o tema literário mais inspirador.

Ele não pode ter adivinhado o rumo dos meus pensamentos. E, no entanto, me pergunta: "A propósito, você não me contou se está trabalhando em um novo livro no momento...".

Olho para ele, perplexo. Em meio à decoração em mármore rosa e marrom, no caos das idas e vindas, olho para o garoto como se ele se revelasse para mim, como se tudo o que eu pensava saber a seu respeito estivesse errado, e eu o descobrisse desprovido de ingenuidade, da inocência que combinava tanto com ele.

A imagem é a de dois homens congelados no meio de uma multidão em movimento.

Eu digo: "Você sabe que eu escrevo?".

Ele responde: "Sei quem você é. Soube assim que parou na minha frente na calçada diante do hotel".

...

Ele se expressa sem arrogância, mas com confiança.

Nesse momento, suponho que pode ter me visto uma vez na televisão e que tem uma excelente memória. É possível que tenha lido um dos meus livros, mas, na verdade, não acredito muito nisso. Garotos de vinte anos não leem meus livros, ou muito poucos os leem.

Ele põe fim às minhas especulações quando diz: "Meu pai me contou sobre você. Um dia, quando você apareceu na TV, ele disse que vocês estudaram juntos no colégio".

Ele se lembra de como achou o pai estranho naquela ocasião, agitado, na verdade, e como isso o surpreendeu, porque via o pai como um homem normalmente calmo. O rapaz atribuiu essa agitação à surpresa e ao espanto. Não é todo dia que se vê um conhecido na televisão.

Também não é todo dia que alguém do passado distante aparece sem aviso prévio.

...

Pergunto: "Como pôde se lembrar de mim, se só me viu naquela vez, com ele?".

Lucas me corrige: "Já te vi várias vezes. Quando a revista da TV anunciava sua presença em algum programa, nós não perdíamos".

O pai faz questão de silêncio, a mãe prefere ir para a cozinha, se ocupar com outras coisas. Não se interessa tanto por escritores, nem se interessava tanto pelo que o marido havia vivido antes de conhecê-la. O filho permanece. Ele não se atreve a fazer perguntas. Suspeita de que o pai não as teria respondido. Mas permanece ali. Olha com mais atenção para o pai, cujos olhos estão grudados na tela da televisão, do que para a TV propriamente dita.

...

Lucas me conta: "Ele leu seus livros, embora nunca lesse livro nenhum".

Revela que os livros estão na casa deles, em algum lugar, mas não à vista, provavelmente dentro de um armário, ou no sótão. Seja onde for, ele sabe que estão lá. O rapaz se lembra de uma capa: é de um quadro, um bar, uma mulher de vestido vermelho sentada ao balcão, ao lado de um homem de terno e chapéu. Eles estão bem próximos um do outro, quase se tocando, existe essa proximidade entre os dois, mas não temos certeza se é intimidade. Vemos também um garçom do outro lado do balcão, um homem vestido de branco e inclinado para a frente, ocupado sabe-se lá com o quê. Ele pergunta: "É uma pintura americana, não é?".

Revelo o nome do pintor. Sou incapaz de dizer qualquer outra palavra.

...

O burburinho constante, as idas e vindas dos viajantes, as vidas que se cruzam, os corpos que se tocam antes de se perderem para sempre, como no saguão do hotel, e os anúncios ao microfone pontuados por esse horrível jingle sonoro, esse *tatatala*, esse *dó-sol-lá-mi*, tudo isso me irrita.

E tenho a impressão de que Lucas está desaparecendo, que até o cenário começa a perder a nitidez, como os relógios derretidos de Dalí.

Porém uma voz me traz de volta à realidade, a do rapaz: "Então? No que está trabalhando no momento?".

Demoro alguns segundos para recuperar a fala. Começo dizendo que não consigo falar de livros enquanto estão sendo escritos, porque tudo ainda é muito impreciso, ainda está em andamento, e porque não tenho certeza de que levarei até o fim (uso deliberadamente essa expressão emprestada do vocabulário da gestação), e acrescento que isso também é uma superstição minha. Ele não acredita em uma palavra sequer, posso perceber pelas sobrancelhas arqueadas. Desisto imediatamente e revelo: "É a história de dois amigos inseparáveis que o tempo acaba separando". Ele sorri. Sugiro que não veja nada de pessoal nisso. Ressalto que meus livros são sempre de ficção, que não escrevo sobre a vida real, que isso não me interessa.

...

Ele me pergunta se já tenho o título, porque títulos são importantes. Respondo que ainda não tenho certeza. Ele insiste. Digo que é provável que o romance se chame *A traição de Thomas Spencer*.

Ele parece pensar. É como se refletisse a respeito de o título ser bom ou não. Tenho receio de que fique abalado com o primeiro nome do protagonista. Que sorria para mim mais uma vez com aquele ar insinuante. Mas não. Ele olha para o painel com os horários de chegadas e partidas, como se quisesse verificar se sua plataforma já está aberta para embarque, depois olha para mim.

E diz: "Esse seu Thomas Spencer, ele está traindo o amigo, certo?".

Respondo: "É um pouco mais complicado... Na verdade, ele trai muito mais a própria juventude".

Ele insiste: "E não é a mesma coisa?".

De repente, o número da plataforma aparece no painel gigante.

No meio de todas aquelas pessoas, ele anuncia que está indo, que precisa se despedir de mim agora, que foi uma alegria me conhecer, que gostaria de conversar, mas tudo bem. Aperta minha mão para se despedir. Não acrescenta ao gesto nenhuma cerimônia, nenhuma emoção. Depois se afasta. A separação dura menos de dez segundos.

Depois de alguns passos, ele para e retorna.

E me pergunta: "Você tem algum lugar onde possa anotar? Vou te dar o número dele. Ligue, ele vai ficar feliz".

Faço o que ele diz, pelo menos pareço fazer. Pego o telefone e digito os dez números que ele dita, os dez dígitos que me dão acesso a Thomas pela primeira vez em vinte e três anos.

Depois, ele me encara por um longo instante.

Não entendo a insistência desse olhar. Pergunto: "Qual é o problema?".

Ele diz: "Qual é o seu número? Estou perguntando porque você não é do tipo que liga".

Forneço o número, que ele salva em sua lista de contatos.

Eu digo: "E seu pai, você acha que ele é do tipo que liga?".

Ele volta a me encarar por um momento prolongado. E, mais uma vez, fico petrificado com a semelhança.

Ele diz: "Você conhece a resposta. Tenho certeza de que o conhece muito melhor que eu".

...

E dessa vez, o filho gêmeo se vai em caráter definitivo. E isso me faz sentir uma tremenda solidão. A mais profunda, aquela que sentimos no meio de uma multidão. Não me resta outra coisa a fazer além de sair da estação. E andar. Andar por muito tempo.

...

Nunca vou telefonar para Thomas.

Mas hesitarei muito. Muitas vezes pego o telefone, digito os números e, quando falta só o último a ser digitado, desisto. Sempre desisto.

...

As razões? Elas mudam, depende do dia.

Na época, eu morava com A., quinze anos mais novo que eu. Ele não gosta de meninos, mas me ama, sabe-se lá por quê. É uma história instável, portanto frágil, tenho medo de prejudicar esse equilíbrio precário. O motivo para não me dar ao luxo dessa conversa é que telefonar para Thomas, falar com ele e pedir para vê-lo talvez não seja trivial. Não posso garantir: afinal, seria só um telefonema, retomar um antigo contato. Mas sei que é muito mais do que isso. Mesmo que ele não me atendesse, o simples fato de telefonar pareceria uma traição (voltamos a isso, sempre voltamos a isso). Ou, mesmo sem chegar a esse extremo, o gesto na direção de Thomas seria um gesto de deslealdade com A., um distanciamento entre nós e a confissão de uma insatisfação romântica.

Também temo que a realidade seja cruel. Tínhamos dezoito anos, agora temos quarenta. Não somos mais quem éramos antes. O tempo passou, a vida nos atropelou, nos modificou, nos transformou. Não nos reconheceríamos. Não importa que a aparência tenha sido preservada, é a essência de quem somos que não tem mais nada a ver com isso. Ele é casado, pai, cuida de uma fazenda em Charente. Eu sou escritor, passo seis meses por ano fora do país. Como poderiam os círculos de nossa existência terem o menor ponto de intersecção?

...

Mas, acima de tudo, não encontraremos o que um dia nos empurrou um para o outro. Aquela urgência tão pura. Aquele momento único. Havia circunstâncias, uma conjunção de acasos, uma soma de coincidências, uma simultaneidade de desejos, algo no ar, algo também ligado ao tempo, ao lugar. Tudo isso formou um momento, e o momento provocou o encontro. Mas tudo foi tensionado, puxado em direções diferentes. Tudo explodiu como uma queima de fogos cujos foguetes explodem no céu noturno, espalham em todas as direções luz e fragmentos, os quais caem como chuva, morrem ao cair e desaparecem antes que possam tocar o chão, para que não queimem ninguém. Para que não machuquem ninguém. E o momento acaba, morre, não volta mais. Foi isso o que aconteceu conosco.

...

Thomas também não vai ligar, nunca.

capítulo três

2016

Há algumas semanas, recebi uma carta que Lucas endereçou para minha editora, e que de imediato foi enviada para minha casa. Nove anos depois do nosso único encontro, ele me escreveu. Na carta, dizia que estaria em Paris na última semana de fevereiro (olhei o carimbo do correio, tinha sido enviada de Charente) e que gostaria de me ver, ou melhor, na verdade queria me ver, fazia *questão absoluta* disso, porque precisava me dar uma coisa. Tratava-se de uma mensagem enigmática, como se esse mistério fosse necessário para me fazer responder de maneira favorável, ou como se ele não tivesse certeza de que a carta realmente chegaria às minhas mãos ou de que não seria aberta por terceiros e, por isso, era apropriado manter certas reticências. Ele me imaginava muito ocupado com o lançamento do meu último romance, mencionou o título, mas esperava que eu *encontrasse um tempo* para ele. Mandou um número de telefone. Se eu pudesse encaixá-lo na minha agenda, a dele era flexível.

Na verdade, eu estava em turnê, tinha que visitar livrarias para falar do meu livro, mas estava bastante disponível naquela última semana de fevereiro, não tinha motivos para recusar o convite.

Além do mais, admito que ele me deixou curioso.

Não tive coragem de ligar para ele. Tive receio de que tentasse prolongar a conversa pelo telefone ao me contar sobre todos esses anos desde nosso último encontro, preenchendo lacunas, e que se esquivasse de abordar o assunto em questão. Decidi que esse tipo de interação nos colocaria em terreno incerto. Então, me limitei a mandar uma mensagem escrita, um SMS, sugerindo um lugar e um horário. Menos de um minuto depois, ele respondeu: "Combinado, estarei lá".

...

Escolhi o café Beaubourg porque fica bem ao lado de casa. De manhã, porque é tranquilo. O primeiro andar, porque quase ninguém sobe e porque gosto de apreciar a vista do Centro Pompidou.

...

Chego primeiro, confesso que um pouco nervoso. Comprei os jornais no quiosque lá embaixo, estou virando as páginas sem ler nada, sem me deter em nenhum artigo em particular. Observo apenas que mencionam as primárias estadunidenses e que fotos de Donald Trump e Hillary Clinton ilustram os artigos. Esse frenesi pré-eleitoral envolvendo bilhões de dólares geralmente me entusiasma. Mas não naquela manhã. Não na manhã do reaparecimento de Lucas Andrieu.

Quando ele chega, reconheço-o sem dificuldade. Ele sobe a escada em espiral lentamente, me procurando. Assim que me vê, anda com tranquilidade em minha direção. Agora tem um corpo mais pesado, a graça da adolescência desapareceu. Parece menos casual, mais construído. Agora é um homem.

O sorriso também não está mais lá. Eu tinha preservado na memória o vigor, o brilho. Agora suas feições são dominadas pela seriedade. Mas talvez seja apenas cautela, um pouco de timidez provocada por esse reencontro tantos anos depois. Um encontro planejado, além do mais. Sem o acaso, a solenidade é inevitável.

Porém, o que mais me impressiona é a pele bronzeada. Comento sobre isso logo no início, uma introdução como qualquer outra que, além do mais, nos poupa dos cumprimentos convencionais, constrangedores. Ele explica: "É porque agora moro na Califórnia, lá faz sol o tempo todo, como você bem sabe".

E explica o "você bem sabe": "Um dia, vi uma entrevista em que você dizia que passa parte do ano morando em Los Angeles. Às vezes pensava que nos encontraríamos por lá. L.A. é enorme, claro, interminável até, nem preciso lhe dizer, mas às vezes coincidências... Não aconteceu... E não pude te ligar porque não guardei seu número".

Pergunto o que ele está fazendo na Califórnia. Ele explica que trabalha para um *grand cru*, uma dessas vinícolas que compram uvas francesas e as desenvolvem localmente, é o diretor comercial (ele usa a nomenclatura anglo-saxã, que traduzo aqui). Eu penso: *Pelo menos alguém realizou sua ambição juvenil.*

...

E digo: "E você voltou para Charente para passar uns dias de férias?".

Noto no mesmo instante uma sombra muito breve em seu rosto, não dura mais que dois ou três segundos, mas muito nítida. Ele pisca rapidamente, torce as mãos com nervosismo, e percebo que aconteceu alguma coisa.

...

Entendo que algo muito sério aconteceu.

...

Ele procura as palavras. E não quero que as diga. Não quero ouvi-las. Podemos recusar palavras que magoam, como um cavalo se recusa a saltar um obstáculo.

...

Antecipo-me ao que ele tenta dizer e pergunto: "Quando aconteceu?".

Ele diz: "Há duas semanas. Voltei o mais depressa que pude".

Ele relata o impacto dessa notícia inesperada, um telefonema no meio da noite, a diferença de fuso horário, o limbo, o zumbido estranho no ouvido. O pedido para que repetissem para ter certeza de que havia entendido direito, obviamente desnecessário, mas ele precisava disso.

...

Enquanto o escuto, lembro-me nitidamente de uma segunda-feira de maio de 2013. Para mim, eram cerca de nove e meia da manhã. Liguei o celular, que sempre deixava desligado durante a noite. Tinha acabado de me preparar para ir a uma reunião. Chegaria na hora (sempre chego na hora). Eu estava pronto para sair do apartamento e pegar um táxi. O telefone me alertou para a chegada de uma mensagem de voz. Abri o aplicativo de mensagens e vi a palavra "Mamãe". Ao lado do contato, o horário em que ela havia telefonado: 8h21.

Eu soube de imediato.

Porém, sempre imaginei que seria diferente. Que eu atenderia, no dia em que ela me ligasse para dar a terrível notícia. Que ela diria: "Seu pai morreu". Durante meses, minha pulsação acelerava toda vez que eu precisava atender a uma de suas ligações. Nunca pensei que ela deixaria uma mensagem, que seria forçada a isso, que não teria escolha. Mais tarde, pensei que ela poderia simplesmente ter dito: "Me liga de volta", e então contado tudo diretamente. Mas isso teria sido bobagem, claro. O mero som da voz dela (sem vida, exausta e interrompida pelos soluços) teria sido um anúncio. Ela disse: "É a mamãe, acabou, seu pai se foi". As palavras que nos destroem são as mais simples. Quase as palavras usadas com uma criança.

Depois? Depois liguei para S., que estava no banheiro. Tive que dar a notícia duas vezes: na primeira tentativa, quase não produzi nenhum som.

Mas meu tom de voz foi suficiente, ele também entendeu de imediato. Não fez nenhuma pergunta, veio me abraçar. Eu estava na frente da janela, olhando a copa das árvores, as fachadas da Rue Froidevaux, onde eu morava, ou, decerto, nem olhava para nada em específico. Ele se aproximou por trás e me abraçou. Naquele momento, as lágrimas apareceram. Não tenho certeza se acabei falando alguma coisa. Acho que não. Teria que perguntar a S. Ele tem uma memória muito boa. Nunca se esquece de nada.

...

Lucas continua o relato. Na sequência, teve que recuperar a lógica: organizar a viagem para Barbezieux, descobrir o horário do próximo voo Los Angeles-Paris, comprar uma passagem de avião pela internet, depois outra de trem. Teve sorte por ainda encontrar assentos vagos. Ele sorri quando fala em "sorte". Depois teve que arrumar a mala para a viagem, cancelar compromissos; coisas concretas, precisas, materiais, coisas que distraíam da dor, mesmo que só por alguns momentos. Depois foi uma questão de fazer o que podia ser feito, enfrentar os momentos, um minuto depois do outro. Era isso, a questão era aguentar firme. Mais um minuto. E mais um minuto.

Vinte e quatro horas depois, ele chegou ao destino.

Vinte e quatro horas depois, ele viu o corpo do pai no necrotério.

Ao entrar na saleta, em cuja porta havia uma placa identificando o falecido (é assim que acabamos, com o nome em uma porta de necrotério), o que o impressiona é a luz azulada e o cheiro do que presume ser um produto químico usado para embalsamamento. Tudo isso é uma distração, um jeito de adiar o momento de olhar para o caixão, de se permitir uma última desobediência. Quando enfim olha para o caixão aberto, ele é dominado por um sentimento que não consegue descrever: o pai parece estar em algum lugar entre a vida e a morte. Obviamente, a imobilidade encerada e uma sutil diferença na aparência confirmam que ele não pertence mais ao mundo dos vivos. O fato de estar deitado em um caixão é uma confirmação contundente disso, mas a maquiagem dá brilho à pele, e ele parece estar apenas dormindo, tanto que o filho não descarta a possibilidade de sua chegada acordá-lo. Lucas se aproxima com passos contidos, toca a testa fria e dura como pedra. Agora a morte é inegável. Uma coisa o tranquiliza: os embalsamadores fizeram um excelente trabalho, não se vê a marca deixada pela corda no pescoço.

Dou mais um passo na direção do descontrole.

Lucas continua: "Meu pai se enforcou. Foi encontrado pendurado no celeiro".

...

Gostaria de não visualizar a cena, gostaria de me proibir essa provação, me poupar desse masoquismo, mas é mais forte do que eu. Mesmo nessas circunstâncias, o escritor vence, aquele que tudo imagina, aquele que precisa ver antes de fazer ver. A imagem se forma, se impõe. Vejo o corpo pendurado na ponta da corda, a cabeça inclinada, a carótida comprimida, o leve balanço, a corda amarrada em uma viga, a cadeira tombada, os raios do sol de inverno penetrando por meio das frestas entre as tábuas e se derramando nos fardos de palha.

...

Uma recordação se sobrepõe à imagem. Na primavera de 1977 ou 1978, uma colega do meu pai, também professora, foi encontrada enforcada em sua sala de aula. O nome dela era Françoise. Lembro-me da silhueta alta, do cabelo comprido sempre solto e mal penteado, dos longos vestidos florais que, na época, estavam na moda. Ela devia ter uns trinta e cinco anos. Alguns disseram que se matou para fugir do estresse de ser professora. É possível.

De qualquer maneira, as pessoas manifestaram espanto e tristeza. Eu tinha dez anos e, por mais extravagante que possa parecer, confessei que não estava surpreso, que era possível ver como ela era infeliz. Disse que ela *simplesmente havia decidido não continuar*. Eu não sabia nada sobre a morte, muito menos sobre suicídio, mas foi essa a frase que me veio à mente. Disseram para eu ficar quieto.

...

Uma confissão: eu também faço outra coisa, algo diferente de visualizar a cena, de invocar uma recordação. Falo comigo mesmo: *Em que Thomas pensou naquele último momento, depois de colocar a corda no pescoço e antes de derrubar a cadeira? E depois da decisão tomada, quanto tempo demorou? Alguns segundos? Como não adiantava perder tempo, a decisão estava tomada e tinha que ser colocada em prática, quanto tempo demorou, um minuto? Mas um minuto é um tempo interminável nessas circunstâncias. Como ele o preencheu? Com que pensamentos? Volto à minha pergunta. Ele fechou os olhos e reviveu episódios do passado, da primeira infância? Por exemplo, o corpo deitado na relva fresca, olhando para o céu azul, a sensação de calor no rosto e nos braços? Ou da adolescência? Um passeio de moto, a resistência do ar contra o peito? Perdeu-se em detalhes de coisas de que nem se lembrava mais? Coisas que pensava ter esquecido? Ou reviu rostos ou lugares, como se quisesse levá-los consigo?* (No fim, estou convencido de que, de qualquer maneira, ele não pensou em desistir. A determinação não vacilou, e nenhum arrependimento, se é que houve algum, enfraqueceu sua vontade.) Tento imaginar essa última imagem que se formou em sua mente, colhida na memória, não por contar com a possibilidade de ter aparecido nela, mas por acreditar que, ao descobri-la, eu me reconectaria com nossa intimidade, voltaria a ser o que ninguém mais foi para ele.

...

Lucas diz: "Acho que sei o que vai me perguntar, mas não, ele não deixou nenhuma explicação, não encontramos nenhuma carta".

...

Presumo que procuraram essa carta, que esperaram encontrá-la para não ficarem sozinhos com as perguntas, com os porquês, para não terem que superar o terrível remorso de não terem previsto nada. Para não se deixarem consumir pela culpa, para não terem que enfrentar o mistério desta morte. Mas o falecido não lhes concedeu a graça de escrever uma explicação. Partiu sem aliviá-los antecipadamente de uma consciência culpada. Teria desejado puni-los? Mas por quê? Ou apenas aderiu àquela verdade fundamental, a de que, no fim, a morte não passa de uma questão apenas entre você e si mesmo?

...

Obviamente, o filho desorientado enfrenta algumas noites de insônia. Perder o pai já é muito. Quando ele parte em uma idade em que não deveria ir embora, tudo é ainda mais difícil. Mas, quando ele decide se matar, entramos no reino do terrível, do infernal. Então, sim, isso vai martelar sua cabeça, vai rodar e rodar dentro dela. E vai rasgar seu estômago. Ele vai tentar se lembrar dos últimos tempos para encontrar pistas, um esboço de interpretação, um esclarecimento. Vai se culpar por não ter percebido o desespero (porque, no fim das contas, é disso que se trata, certo?), mas sempre terá que enfrentar esta realidade persistente: ele não sabe. Sua única certeza será a tristeza.

...

Peço notícias da mãe dele, obviamente afetada pela tragédia.

De pronto, Lucas baixa a cabeça, e a postura abatida sugere uma derrota a mais, uma sobrecarga.

Ele me conta que ela não compareceu ao funeral. Em uma débil tentativa de justificar essa atitude, ou de adiar uma explicação, diz que, de qualquer maneira, não havia quase ninguém lá, os bancos da igreja ficaram vazios. Ele diz que, no fim, o pai pagou o preço por seu isolamento.

Respondo que a ausência da esposa na cerimônia não pode ter sido consequência apenas do isolamento dele. Deve ter acontecido alguma coisa.

Ele levanta a cabeça. Chegou a hora de contar a história. Basicamente, ele deve ter me chamado aqui para isso, para que a história pudesse ser contada, e para que pudesse ser contada a alguém capaz de ouvi-la.

...

Há alguns anos, em uma data que não é mencionada, Thomas Andrieu decidiu mudar de vida de modo radical. Essa mudança aconteceu durante a noite. Não houve nenhum sinal de alerta, ele não deu nenhum aviso prévio, e, mesmo assim, organizou tudo com antecedência.

Ele reúne os pais, a esposa e o filho na grande cozinha da fazenda. Está sério, determinado, não treme, não pigarreia. O filho se lembra bem disso, da ausência de hesitação, da ausência de humor, de uma grande determinação acompanhada de muita compostura. Lucas continua dizendo que o que mais lembra é o silêncio. Chega a dizer que teria sido possível ouvir um alfinete cair. O pai ainda não disse quase nada, mas é como se todos estivessem esperando uma explosão. Ele se levanta e anuncia a todos que *está indo embora*.

Imaginamos a estupefação, a incompreensão, o desânimo, o grito que não se pode reprimir, a raiva que emerge, talvez as súplicas da mãe ou da esposa, mas nada disso acontece. Ele ordena silêncio. Diz que não terminou, ainda tem coisas a anunciar.

Explica que vai sair de casa, da fazenda, que *para ele tudo isso acabou*, que o pai terá que encontrar outra pessoa, um aprendiz ou sucessor, alguém que *aceite a tarefa*. Depois, quando chegar a hora da aposentadoria, vai ter que vender a propriedade para quem quiser comprá-la. Acrescenta que, ao sair da fazenda, também abdica de seus direitos sobre ela, sobre a herança da terra, que já não é mais da sua conta, que já não lhe diz respeito.

Continua falando sem mudar de expressão, com um tom monótono. Ele olha para a família reunida à frente de si, mas é como se não os enxergasse, como se tivessem desaparecido, como se falasse para os campos que se estendiam até onde a vista podia alcançar, para o vento, para as nuvens que passavam pelo céu emoldurado pela janela.

Avisa que contratou um advogado para o processo de divórcio, quer que tudo seja feito de acordo com as regras, que haja uma separação oficial, papéis, que nada fique sem solução. Assim, a esposa poderá *reconstruir sua vida*, se quiser. Não será impedida por nada, por nenhum vínculo. Declara que deixa para ela o dinheiro, o patrimônio comum. Não vai levar nada.

O filho não vê essa atitude como um gesto de generosidade ou altruísmo, mas sim como uma forma radical de se livrar de tudo, erradicar o passado, acertar as contas.

O pai diz que o filho cresceu, está quase concluindo os estudos, pode sair do campo e encontrar um emprego sem muita dificuldade. As oportunidades o aguardam, o mundo o espera de braços abertos, e ele não se preocupa com o futuro e deseja o melhor. Está convencido de que o melhor virá. Diz que fez *sua parte no trabalho*. O filho não esqueceu essa frase. No momento, ela o corta por dentro como a lâmina de uma espada.

O pai diz que vai se mudar para outro lugar, não revela para onde. Não quer que ninguém tente fazer contato, vai desaparecer e pronto.

Não demonstra culpa, nem dá explicações. (Imagino que ele agiu exatamente da mesma maneira quando decidiu se enforcar.)

Uma hora depois, ele vai embora.

...

Entretanto, a mulher tenta impedi-lo de partir, se agarra a ele aos prantos, esperando que sua angústia e seu desespero o façam mudar de ideia. Ele não recua. O pai o insulta com crueldade, jogando em sua cara que, com essa atitude, ele deixa de ser seu filho para sempre. Mas ele parece indiferente à excomunhão, ao insulto que vem de longe depois de muito tempo retido, expulso como bile cuspida. A mãe tenta trazê-lo de volta à razão. Ele diz que foi razoável por tempo demais, que esse é, talvez, o único caminho que vai desbravar. Lucas não diz nada. Fica escondido em um canto, espectador da determinação fria desse homem que ele descobre ali, desse progenitor que nessa ocasião mostra o rosto de um desconhecido. De um completo estranho.

...

Durante os oito anos seguintes, Thomas demonstrou um rigor exemplar: nem uma palavra, nem um telefonema, nem o menor sinal. Mudou de telefone, ninguém sabe seu novo endereço, ele nunca aparece, ninguém o encontra, nem mesmo por acaso. Às vezes a família se pergunta se não está morto de fato.

Mas eles acatam sua decisão. Não têm escolha. Nada se pode fazer contra a vontade de um homem. Mas, com o passar dos dias, esse pequeno mundo gira entre o ressentimento e a tristeza, entre o questionamento e a raiva, entre a perplexidade e o ódio. Especulam também sobre o que ele poderia ter se tornado, dizem que deve ter voltado à Espanha, ou que viaja com nome falso, ou que apenas se instalou em um lugar remoto onde vive como eremita. Ninguém aposta em outra coisa senão em sua solidão. Sim, todos concordam que ele voltou a seu estado inicial, a solidão. Por pouco não se tornou uma lenda.

Só que, com o tempo, a lenda se dissipa, desaparece ou se dispersa no ar como pólen na chegada da primavera. Lucas murmura: "A gente se acostuma com tudo, inclusive com a deserção daqueles a quem pensávamos estar ligados para sempre".

...

Retruco: "Está falando em deserção...".

Ele me encara e diz: "É verdade, você é escritor. As palavras são importantes para você. E tem razão, elas são importantes. Aliás, durante muito tempo tentei explicar com palavras o desaparecimento dele. Encontrei várias, muitas, até as classifiquei em ordem alfabética, se quiser saber: abandono, apagamento, ausência, desistência, dissipação, dissolução, esconderijo, esquiva, estranhamento, extinção, fuga, morte, partida, perda, retirada, subtração. Fora as que esqueci".

Mas aquela que considera mais adequada (não ousa dizer: aquela que ele prefere) é, na verdade, *deserção*. Normalmente a usamos para falar dos espiões que cruzaram a fronteira, em uma ou outra direção, quando nosso mundo estava dividido em dois blocos e a guerra era fria. Ele diz: "Sim, isso me faz pensar naquele bailarino russo, Nureyev, não é? No início da década de 1960, ele quebrou a barreira de segurança soviética no aeroporto de Paris-Le Bourget, e se asilou no lado ocidental".

Lucas vê nesse gesto algo romântico e perigoso, a manifestação da insubordinação, da indisciplina, de um desejo irreprimível de liberdade, da necessidade de se libertar. E um certo impulso. Em certas noites, pensar que é esse mesmo impulso que está na origem do desaparecimento do pai o agrada e o tranquiliza.

Na palavra "deserção" há outra ideia: a falta do pai. E o duplo sentido dessa frase é absolutamente conveniente.

Primeiro sentido, uma falta, uma infração, uma violação. Fugiu de suas obrigações, desviou-se dos caminhos retos, quebrou regras não escritas, pecou contra a ordem estabelecida, jogou contra o próprio lado, pisoteou a confiança nele depositada, ofendeu seus entes queridos, traiu os amigos.

Depois o sentido da ferida, da dor, de um desgosto. Ele não estava presente quando contavam com ele, deixou um vazio que ninguém pôde preencher, perguntas que ninguém soube responder, uma frustração irredutível, uma demanda emocional que ninguém soube suprir.

...

Pergunto a ele se tentou alguma coisa para localizar o pai. Lucas diz: "No início, não". Ele respeitava a decisão do pai, mesmo que não a entendesse, mesmo que isso o fizesse sofrer, mesmo que considerasse tudo isso uma tremenda falta de sensibilidade com a mãe. (Suponho que também houvesse orgulho ferido nessa recusa.) Ele continua: "Bom, depois de um tempo pensei em procurá-lo, até pensei em contratar um detetive. A necessidade de compreender tornou-se mais premente. A necessidade de conversar também. Porque o silêncio enlouquece. Por fim, desisti". Lucas diz que tem sua vida adulta para cuidar, um futuro para inventar, não pretende ser oprimido pelo passado, por esse lamentável assunto familiar (o ressentimento tomou a iniciativa, o tempo fez o resto).

...

Mesmo assim, me pergunto como alguém pode aceitar esse intermédio, essa ausência que não é morte, essa inacessibilidade que não é irremediável, essa existência fantasmagórica. Como nos resolvemos, como não somos surpreendidos com regularidade pela necessidade de corrigir essa impostura, acabar com essa farsa? Como deixamos de sofrer com essa estranheza, com essa falta (continuamos voltando a isso)? Por mais que queiramos respeitar a liberdade dos outros (inclusive quando a julgamos egoísta), também temos que superar nossa dor, raiva ou tristeza. Mas não faço essa pergunta ao filho abandonado.

...

E então, um dia, contrariando todas as probabilidades, o pai acaba voltando para a região.

Foi no ano anterior.

O boato de sua volta se espalhou, chegando aos ouvidos das pessoas mais próximas. No entanto, ninguém foi ver como ele estava. Nem os pais, que o dão por morto. Nem a ex-mulher, que voltou para a Galícia, casou-se novamente e não quer mais notícias dele.

Só o filho decide ir visitá-lo em uma de suas estadias na França.

...

Ele diz que o homem tinha mudado muito, envelhecido demais, estava quase irreconhecível. Para sua grande surpresa, porém, ele o convida a partilhar de sua mesa, pergunta se quer beber alguma coisa.

Age como se tivessem se separado no dia anterior, como se a vida normal não tivesse sido destruída em um estalar de dedos e, então, soterrada por oito anos de escuridão absoluta. O filho aceita o convite, senta-se à mesa, contempla o homem esgotado, de rosto enrugado. Não sente compaixão, já não vê mais a semelhança entre eles, sua famosa geminação, até se pergunta se alguma vez ela existiu. A única coisa que ainda reconhece nele é a atitude antissocial.

...

A conversa começa, mas se perde rapidamente em banalidades, na onomatopeia, e logo só o filho fala. Ele então acaba fazendo a pergunta inevitável, pedindo uma explicação para sua partida, para seu retorno. O pai não responde, não dá nenhuma justificativa. Permanece quieto. O filho pergunta a ele se sente algum arrependimento, pelo menos. O homem levanta a cabeça e olha para o filho. E diz: "Não. Eu poderia me arrepender *se tivesse tido escolha. Mas eu não tive uma*".

E não diz mais nada.

...

Pergunto a Lucas se ele entendeu a frase do pai.

Ele responde que sim. E esclarece: "Agora, sim. Ela confirmou minhas intuições do passado". Estranho: "Suas intuições?" Minha voz treme ligeiramente. Ele ouve o tremor. E me encara com a óbvia intenção de me fazer entender que estamos falando da mesma coisa, que ele *entende*.

...

E diz: "Acho que isso começou a tomar forma em minha cabeça ainda no hotel em Bordeaux, mas não quando você me chamou no saguão pensando que eu era meu pai, não quando falou o nome dele e disse que eu era parecido com ele. Afinal, você não foi o primeiro. Não, aconteceu alguns momentos depois, quando você olhou para mim e não conseguiu mais falar. Naquele momento entendi que você o amou, que foi apaixonado por ele. Naquele momento eu o reconheci, soube quem você era... Sabia que era homossexual, você confirma sempre que é entrevistado em algum programa de TV. Responde sem hesitar. Naquele dia, quando cheguei em Nantes, fui direto a uma livraria procurar seus livros. Encontrei *Son frère, Un garçon d'Italie* e *Se résoudre aux audiex.* Comprei os três e os li de imediato. E esses livros só confirmaram minhas suspeitas. Em *Se résoudre aux audiex*, você escreve cartas para um homem que amou, que o abandonou e que nunca responde, e você viaja o tempo todo para tentar esquecê-lo". Explico que não sou eu quem está escrevendo para esse homem, é uma mulher, ela é minha protagonista. Ele diz: "Quem você está tentando convencer?". E continua: "Em *Son frère*, o herói se chama Thomas Andrieu. Vai dizer que é uma coincidência?". Abaixo a cabeça. Negar seria insultar sua inteligência. Ele passa para o argumento definitivo: "E *Un garçon d'Italie* relata uma vida dupla, a história de um homem que não consegue escolher entre homens e mulheres e mente. Tive a impressão de que seus romances eram como peças de um quebra-cabeça, bastava juntá-los para formar uma imagem compreensível".

Lucas continua: "Oito dias depois que voltei para a casa de meus pais em Lagarde, esperei até ficar sozinho com meu pai para contar a ele que te conheci. Acho que pensei que seria melhor se minha mãe não estivesse por perto. Você devia ter visto a cara dele naquele momento: uma confissão. Ele não disse nada, até fingiu não dar importância, mas era tarde demais, o momento havia acontecido. Quando me ouviu dizer que te conheci, ele não se moveu, mas juro que perdeu o equilíbrio, foi como se caísse de joelhos.

"Naquele exato momento, eu tive certeza *naquele exato momento* de que ele foi apaixonado por você. Que essa era uma realidade, meu pai foi apaixonado por um garoto.

"Foi gritante.

“Não precisei fazer a pergunta. Acho que não teria tido coragem para isso, de qualquer maneira. Depois disse a mim mesmo: talvez tenha sido só uma fantasia passageira, uma fase. Existiu, sim, mas acabou, ele seguiu em frente para outra coisa, para outra vida, uma mulher, um filho. Essas coisas devem acontecer com frequência. Disse a mim mesmo que, quando ele voltou a te ver na TV, as lembranças voltaram, mas era como uma nostalgia, um segredo do passado. Todo mundo tem segredos. Além do mais, é bom ter coisas que são só suas. Poderia ter parado por aí. Devia ter parado por aí.

“Só que, dois dias depois da nossa conversa, meu pai nos reuniu para anunciar que ia embora.”

A revelação me choca. A escolha da palavra não poderia ser mais apropriada, pois tenho a sensação física de ser atingido por uma descarga elétrica. E, logo depois, de ficar paralisado.

Ele pergunta: “Não vai falar nada?”.

Não tem descontrole, nenhuma acusação. Em vez disso, percebo a curiosidade e a esperança de conexão.

Respondo: “Não sei o que eu poderia dizer…”.

E não há nada mais autêntico que minha incapacidade nesse momento, minha impotência.

No entanto, ele espera. Está esperando uma palavra minha.

...

Reorganizo os pensamentos e comento que a partida do pai dele parece ter sido muito bem planejada: o advogado do divórcio, a renúncia à herança, ele devia saber até para onde ia. Não se tratou de uma decisão impulsiva. Acrescento que um encontro entre mim e o filho dele, embora certamente incomum e um gatilho para muitas lembranças, não teve consequências, não esse tipo de consequência. Não foi motivo para tamanha comoção.

Ele diz que concorda comigo. Pensou muito nisso. E o que descobriu após a morte do pai só reforçou o que pensava. Em sua opinião, essa informação apenas *precipitou* uma escolha que vinha sendo considerada havia muito tempo, tornando-a inevitável. Pôs tudo em *relevo*. O pai mentiu para si mesmo por muito tempo, e tinha que se reconciliar com sua verdade, era urgente.

...

Ele acrescenta: "Mesmo assim, muitas vezes me perguntei se ele poderia ter ido te procurar (o romance disso, a loucura disso). Agora sei que não foi".

Olho para ele com uma expressão confusa.

...

Ele diz: "Depois que ele morreu, a casa teve que ser esvaziada. Foi muito rápido, ele não tinha quase nada, vivia com muita simplicidade. Até recusou o dinheiro que ofereci. Mas na gaveta de um armário, cuidadosamente escondidas e bem organizadas, encontrei cartas. Depois de ler todas elas, fiquei muito surpreso por ele as ter guardado. Ainda mais por não as ter destruído pouco antes de se matar. Suponho que ele queria que eu as encontrasse. Imagino que substituíram a carta de despedida que não escreveu, que forneceram a explicação que ele não deu.

"Primeiro, encontrei as cartas endereçadas a ele. Todas foram enviadas pelo mesmo homem, todas com datas pouco anteriores ao retorno dele a Charente. É fácil compreender que o homem era seu *amante* (o filho pronuncia a palavra sem vacilar, sem julgar), mas que não viveram juntos. Também fica evidente que foi um relacionamento secreto, que aconteceu às escondidas. O homem não suportava mais a clandestinidade. Ele escreve que queria viver com Thomas às claras, que não queria mais continuar se escondendo, que aquilo o corroía como uma doença. Fica claro que o amor e o silêncio o castigavam da mesma forma. Um dia, ele dá um ultimato. Escreve que se Thomas se recusar a ir morar com ele, prefere romper o relacionamento.

Que ele está no limite, não vai continuar se as coisas não mudarem radicalmente."

Lucas especifica que a data da última carta é o dia anterior ao retorno do pai a Charente. Thomas não cedeu à ameaça, e talvez também não tenha cedido ao amor. Partiu antes do rompimento.

...

Eu penso: *No fim, ele passou a vida toda escondido, mutilado. Apesar da partida grandiosa, do esforço ambicioso para construir uma nova vida, caiu nas mesmas armadilhas, a vergonha e a incapacidade de nutrir um amor duradouro.*

Penso em todos os homens que conheci nas reuniões em livrarias, homens que confessaram ter mentido para si mesmos, mentido durante anos a fio, antes de enfim se reconciliarem com a própria essência, deixarem tudo para trás para começarem de novo (eles saberão quem são, se lerem estas linhas). Thomas jamais encontrou essa mesma coragem.

...

Falo em "coragem", mas pode ser outra coisa. Aqueles que não se arriscaram, que não se entenderam harmoniosamente com sua natureza profunda, não são necessariamente medrosos. Talvez estejam perturbados, desorientados, perdidos como alguém se sente no meio de uma floresta muito vasta, muito densa ou muito escura.

...

O filho continua a história. Na gaveta havia outra carta guardada em um envelope ligeiramente amarelado e lacrado, sem nenhum destinatário. Ele não pensou que fosse importante, talvez uma fatura, um documento qualquer. Abriu o envelope com alguma apreensão. Na verdade, temia que o pai tivesse escrito ali seus últimos desejos, porque, como imaginava, era ele o autor da mensagem.

Ele conta: "Na verdade, era uma carta escrita havia muito tempo, mas que nunca foi enviada. Ela é endereçada a você. Começa com seu primeiro nome. A data é agosto de 1984".

Estudo Lucas. A sequência de revelações cria um efeito de saturação, como quando um amplificador não consegue mais fornecer potência. Para fugir da distorção desse som, que apenas eu escuto, pergunto: "Você a leu?". Ele responde que sim. E logo em seguida, tira a carta do bolso da jaqueta e me entrega. Está dobrada ao meio, um pouco amassada. Lucas diz: "Por isso pedi para te ver, para entregar a carta a você".

...

Então, acrescenta rapidamente: "Prefiro que você a leia mais tarde, quando eu não estiver mais aqui, porque é uma história entre ele e você, só entre ele e você".

Aceito o pedido e pego a carta. Fico pensando se ele não teme meu desconforto e quer me poupar de ter uma testemunha.

...

Depois? Depois é o silêncio. Longos minutos de silêncio. Porque não há mais nada a dizer, porque tudo foi dito, porque não há mais nada a fazer senão nos separarmos, de agora em diante. Mas não podemos, não conseguimos, na verdade. Queremos ficar juntos mais um pouco, prolongar o momento, porque pensamos que é o último, não haverá outros.

Acabo dizendo: "O que você vai fazer agora?".

Ele responde: "Vou voltar para a Califórnia, comprei passagem no voo de domingo de manhã. Vou para casa, porque agora minha casa é lá. Não tenho mais nada para fazer aqui, não tenho mais nenhum vínculo".

...

De novo o silêncio. Mais minutos em branco. De novo os olhares discretos. De novo a iminência da separação adiada.

Dessa vez, é ele quem fala: "E você? Vai escrever sobre essa história, não vai? É inevitável".

Repito que nunca escrevo sobre minha vida, sou um romancista.

Ele sorri: "Mais uma de suas mentiras, certo?".

Eu sorrio de volta.

Pergunto: "Você vai me dar autorização? Você me permite escrever sobre essa história?".

Ele responde: "Não tenho nada que proibir".

...

Por fim, ele se levanta, e eu o imito, um pouco atrasado. Ele estende a mão e se despede de mim sem nada acrescentar. Mesmo assim, o gesto se prolonga um pouco mais do que exige a tradição. E, quando as mãos se soltam, os dedos se roçam. Sem ambiguidade, simplesmente o necessário para dar à despedida o caráter único e *incomparável* do que acaba de acontecer.

Vejo-o se afastar, descer as escadas, sair do café, desaparecer. Sinto-me inundado de gratidão e consternação.

...

Volto a me sentar, ainda segurando na mão esquerda a carta dobrada que Thomas escreveu. Penso que não deveria ler, não faz sentido. Só vai me machucar, e ele não queria que eu a lesse, ou então a teria enviado. Porém, a certeza de Lucas volta à minha mente: *Suponho que ele queria que eu as encontrasse*. Então desdobro a folha, as palavras escritas aparecem, e é a voz de Thomas que ouço, sua voz em 1984, a voz da nossa juventude.

...

Philippe,

Vou para a Espanha e não volto, não agora, pelo menos. Você está de partida para Bordeaux, e suspeito que este será apenas o primeiro passo de uma longa jornada. Sempre pensei que você nasceu para outro lugar. Nossos caminhos se separam aqui. Sei que gostaria que as coisas fossem diferentes, que eu dissesse palavras que lhe dessem segurança, mas não posso, e, de qualquer forma, nunca soube usar as palavras. No fim, digo a mim mesmo que você entendeu. Foi amor, evidentemente. E amanhã vai haver um grande vazio. Mas não poderíamos continuar. Sua vida o espera, e eu não vou mudar. Quis escrever só para contar que fui feliz nesses meses que passamos juntos, que nunca fui tão feliz, e que já sei que nunca mais serei tão feliz de novo.

Primeira edição (setembro/2024) · Primeira reimpressão
Papel de miolo Ivory slim 65g
Tipografias Lato e Garamond ATF Subhead
Gráfica LIS